文春文庫

精選女性随筆集　幸田文

川上弘美選

文藝春秋

目次

第一部

幼き日々から、父の死まで

第二部

くさぐさのこと

第三部　週間日記ほか

精選女性随筆集　幸田文

昭和31(1956)年頃

幸田 文

(1904-1990)

ぶっ飛んだかっこよさ

川上弘美

じつを言えば、幸田文に対する先入観があった。いわく、幼いころから論語を素読(そどく)していた。いわく、父露伴より厳しいしつけをうけ、家の切り盛りに関して完全無欠であった。いわく、着物に対する深い造詣をもち、立ち居ふるまいの素晴らしさは他の追随を許さなかった。

とにかく、その先入観の中では、幸田文は素晴らしくて完璧で見上げるような女のひとなのであった。

このアンソロジーをあむまでは、つまりわたしは幸田文のよき読者ではなかったわけだ。なぜなら、全集を隅から隅まで読みおえた今、幸田文という女のひとに対していだくのは、今までにあげた印象とはずいぶんと異なる感情だからである。

なんて面白い女のひとなんだろう。

今は、このことばかりを、思っている。

幸田露伴が亡くなり、幸田文は文章を書くようすぐに請われた。父の死によう。葬式のこと。教わった掃除の仕方、その仕方にひそむ心意気のこと。露伴の影の中から始まった幸田文の文章は、その後次第に父の影から出でて、広がってゆく。昨日見たもののこと。十年前に感じていたこと。先年聞いたこと。つねひごろ思っていること。少女のころのこと。結婚のこと。離婚のこと。見知らぬような見知ったようなひとたちのこと。

文章を読むとき、書いたひとの書きようによって、さまざまな印象を得る。幸田文の場合は、「よく見せてくれた」という印象を、必ずわたしは得る。陰影もにおいもさわり心地も重みも、はっきりと見せてくれる文章なのである。それは、野太いといってもいいくらいの、あらわさだ。文章じたいは、たいそうこまやかでゆきとどき、時に曲折し、時にためらい、繊細に揺れているのだけれど、そのぜんたいを読みおえた時にあらわれるものが、野太い。

性根、という言葉を使ってもいいかもしれない。性根が、きちっとすわっている感じ。それはけれど、最初の先入観にあった「見上げるようなひと」というものとは、まったく違うものなのだった。むしろ、どの文章も、幸田文自身を疑っている。自分で自分を疑いながら、あやしみながら、正直に思ったことを書ききっているのである。

第一部には、幸田文が自分のことについて書いた文章を並べた。幼いころから、父の死までを、歳の順に置いた。こうして並べてみると、「わたくしは、こんなふうに大きくなってきました」と、幸田文自身が目の前で語っているかのごとくに思える。通して読めば一人の女のひとが自分というものをつくりあげてきた軌跡がくっきりと見わたせることだろう。

第二部には、くさぐさのことについて書かれた文章を、ほぼ発表順に並べた。ここにおさめた文章が、また面白い！ わたしの型通りの先入観とは大違い。ぜんぜんかしこまっていない。柔軟。闊達（かったつ）。自由自在。たとえばそれは、ぶっ飛んだかっこよさ、という乱暴な言葉でもって、わあわあ褒（ほ）めたてたくなるような文章なのだ。

幸田文に、会ってみたかった。でもきっと、すわった性根の隙（すき）に入りこむことは、できなかったろう。そうか。それならば、幸田文の文章を読めばいいのだ。いつだってそこには、かっこよくて、面白くて、一筋縄ではゆかないけれどもごくほがらかな女のひとが、正面を向いて座っているのだから。

第一部　幼き日々から、父の死まで

啐啄

　三十何年も前の懐かしい想い出である。非常によい天気の日で、父と私は庭のまんなかに立って、どういうわけだったのか、二人とも仰向いて天を見ていた。突然に父が云った。

「おまえ、ほら、男と女のあのこと知ってるだろ。」

「え？」

「どれだけ知ってるかい。」父は仰向いたなり笑っているようだった。

　はっとした。羞かしさが胸に来たが、羞かしさに負けてうなだれてしまうような、優しいおとなしい子でない私だった。

「知らない！」

　都合のいい常用語が世の中には沢山ある。「知らない」の通じる意味は広いのである。学校の先生は「知らない」は「知らない」だけにしか教えないけれど、こどもはいつかちゃんとそういう、こすいことばというものの威力を心得ている。私は明らかにごまかそうとしたのである。

「ばかを云え、そんなやつがあるもんか。鳥を見たって犬を見たって、どれでもしているじゃないか。第一おまえ、このあいだ菜の花の男と女を習ってたじゃないか！」

図星なのである。花の受精は理科で習った。しかしそれは動物、ことに人間の性欲とを一直線につなげることができるほどに覚めてはいなかった。鳥も犬もよく知っている。菜の花を無色とすれば犬は単彩である。それとても大部分は姿態の滑稽感が一等さきに眼を誘い、なにか異常感もかんじはするが、それがはっきり人間とは結びつかない。雄と雌、人外のことという考のほうが勝っていた。人間にもそれに似た特殊のことがあると、ちらちら小耳には挟むが、現今の住宅難による雑居のようなすさまじい世の中ではなかったから、眼からさとらされる恐ろしい経験はしていなかった。知っていると云えば、それだけでもすでに知っているのであり、知らないとはうそである。父の何気なく云いだしたことばはマッチであった。しゅっという発火のショックにちょっとたじろぎはしたが、光はあるかたちを私にはっきり見せた。啐啄同時であったのだろう。

「正直な気もちでしっかり見るんだ。これんばかりもうそや間違いがあっちゃいけない」と云い、「きょうからおまえに云いつけておく。おしゃべりがろくな仕事をしたためしはない。黙ってひとりでそこいら中に気をつけて見ろ」と云われた。

私の家は小梅の花柳街に近く、玉の井の娼家も遠くなかった。縁日の夜などござをかかえた女の影を、路地によく見かける。したがって道にゴム製品の落ちているのは珍しくないし、その製造工場もあって、友だちの母親やねえさんで、そこの工女に通っているものもあった。私もそれを分けて貰って遊んでいると、いきなり手頸(てくび)をひっぱたかれ、襟がみをつるされて湯殿へひったてられ、強制的に手を洗わされ、さて大眼玉を食った。しっかり見なかったといって叱られたのであるが、およそ不可解だった。「わからなけりゃ叱られたことを忘れずにいろ」と云われたのだけはおぼえた。

女学校一年の春、書斎へ呼ばれ、これを読めと指さされた机の上には、厚い辞書が開いてあった。女体の図解と説明があったが、はなはだ難解であり、一しょう懸命にわかろうとした。本を伏せ、外へ出、梨の花の下にたたずんでいると、大昔から長い長い年月がたっているんだな、という気がした。云ってみれば、自然と学問の尊さに打たれていたとでもいうものかとおもう。その後、夏、はばかりは紙の化学変化で点々と赤かった。ははは私に来潮があったと誤解して訊いたが、その態度が私に実にいやだった。同じ主題の下(もと)、父には神秘なものを感じて感謝し、はははからは不愉快と不潔をしか受けとらなかったとは、おかしなことである。

江東は水害の危険がある地だったから、隅田川の堤防補修工事はしょっ中といっていいほど次々と行われてい、働く土工夫は土手を行く婦人をからかうのを仕事のつきものにしていた。学校へ、おつかいへ、往復する私も彼等の口をのがれるものでなく、卑猥なことばが投げかけられる。私は腹を立ててははに訴えていると、うしろに父が聴いていて、「そんなことぐらいでおまえは閉口していては、いまにもし応酬しなくてはならない場合があったら一体どうするつもりでいるんだ」とやりこめられた。

　きたなく云えば無際限にきたなくなって遂には乱に及ぶ因にもなるのだから、ことばを択(えら)まなくてはいけない、それが秘訣なのだと教えられ、古事記一冊が教科書として与えられた。しかもその古事記たるや成友(しげとも)叔父の註釈に成るものであったから、ちょっとびっくりした。のちに果してそれは役立った。私は開き直って座の人達に云った。「そんなむきつけなことばでなく、もっときれいにお話しになって頂戴。みとのまぐわいとおっしゃいよ。」

　あっけにとられた顔を尻目にかけて、私は身をひるがえした。「なあんだ、古事記も知らないでそんなこと云ってるのか、さよなら！」

　父は大いに笑ったが、私が古事記からおぼえたものはその一語よりほかないと聞いて、いよいよ大笑いに笑った。

　その後、猥談の小咄をちょいちょい聞かせてくれた。前身教育者であったははが、父のやりかたへ真向(まっこう)から反対し論争になり、中に入った私はちぢこまりながら両方の説を聴いた。ははは、そんな話を聞かせる親聞く子では家庭の神聖は保たれず、堕落の風になってしまう、第一処女の羞恥がなくなってはばくれんになる、と云う。父は、なまの羞恥心ぐらいあぶないものはない、猥談を聞いて消失するような羞恥心なら、むしろ取り去ったほうがいやみがなくっていい、ほんとうの羞恥とは心の深いところから発するもので、それが美しいのだというようなことを云って、「親の聞かせる猥談ほど大丈夫な猥談は、どこを捜したって無い」といいばったから、母は歎息とともに黙ってしまった。

私には結婚は羞恥の楽しさの連続であるようにおもえた。一碗の茶をすすめる楽しさも羞かしさが加味されている。猥談による男女間の羞恥の消滅などはないとおもう。結婚直後の、まるで挨拶のように云われる猥雑な文句にも、私は平然として色を変えずにいて人々を驚かせ、二人きりであるべき境界線の内を他人に窺わせまいとした。それにもかかわらず父の云わなかったような云いまわしかたには、たちまち足をすくわれてかっとのぼせるようなへまをした。なまの羞恥はそんな危険があり、なぜもっと父の話を沢山聴いておかなかったかと悔やまれた。

＊

私に娘が一人いる。ほとんど戦争のなかで大きくなって来たようなものである。その父はアメリカにいたことのある人だったので、性教育の賛成者であったが、娘の運命は父を離れて祖父と母と三人で暮すようになってしまった。私は自分が施された教育を譲ってやりたく思ったが、かつて私が父にもった信頼感をよく娘にもたせ得るかどうか、はなはだ心細く、己れの非力を羞じていた。ところが祖父は子の私にしたように孫にはしなかった。とんぼもかまきりも実物の観察は第二にして、まず全体的に強くなる工夫を施してやるのが、こんな乱世には第一階段だと云って、好めば何でも読ませろと指図した。

当時五年生の子は漱石の猫を愛読してい、祖父はそれをよしよしと云った。ある日、私と子はバスで吾妻橋を渡っていた。おかっぱにセーラ服の小さい子は突如、「かあさん、この橋が恋の橋でしょ」と云った。「寒月さんが恋をして気が変になったのはこの橋じゃないの？」

そばにいた大学生が噴きだし、彼女ははははと笑って、私だけが狼狽して暑くなった。又ある日云う。「毎朝学校へ行く道に男の人が待っててくれるの。とても親切で、こんだ電車へもうまく載せてくれるし、どんなに押されてもその人がちゃんと抱いててくれるのよ。雨の降る日なんかその人が待っていてくれるといいなと思うのよ。」おつもの髪がたんとあって、眼鏡の人だという。私は安らかでなく、いくつ位？と訊く。

「心配いらないのよ、恋の人っていうんじゃない人なの、おとうさん盛りっていうくらいの齢の人なの。」

孫の話をおかしそうに聴いていた祖父は、「ちっとおっかさんしっかりしないといけないね」と私を笑った。

そのうち戦争は厳しくなり、その小学校の屋上に兵が寝泊りするようになって、噂が流れはじめ、先生の苦心をよそに上級男女生は放課後防空壕遊びをしていたという話が伝わって来た。むかし、私が犬や鳥の姿態に滑稽と異常を感じた、それと同じものをいま娘が友だちの上に感じて観察をしている態度でいることを知ると、私ははっとした。そしてマッチはいま擦らねばならないとおもった。

女学校は勤労動員で飛行場へやられた。この頃は人情本・黄表紙を与えてどんどん読ませていたが、梅ごよみはどけておけと命令した。西鶴の作品などもわかりやすく話してやり、色好みな女が年老いて五百羅漢（らかん）は皆おもわくという条（くだり）など、孫もおもしろがって聴く始末である。工場のなかは早熟な恋愛と肉体が渦を巻いている。空襲の惨禍につれて起った捨てばちな行動は、いやでも眼と耳をゆすってつきつけられるらしいが、読んだもの話されたものは、どれも工場内のものより高く美しかったから、さいわいそれほどの刺戟にならず終戦を迎えた。

疫病のようにエロといわれるものが拡がった。私はそういうものを一切隠さない。一ツ読み二ツ読み、娘はうかない顔をして質問する。

「ほんとのこともこの通りなの？」

「心ごころさ。だから大切なのよ」と私は云う。

学ぶことは自らすべきであり、保護は長上がしてやるべきである。父から子、子から孫へと伝えて来て、今日なお私にも娘にも役にたっているのは「正直な態度でよく見ること」であり、親子隠さずに話しあうことである。

金魚

おてんばで、かわいらしくなくて、そしてすこしかわいそうな子、というのが子供の時の私に与えられていた評価だった。ひとり合点じゃない。親にも女中さんにも、近所の人にも友達にも、面とむかってそういわれた。

すこしかわいそうな子というのは、幼いうちに母を失ったことからだろうし、かわいらしくないというのは、愛敬の乏しい顔かたちと強情な性質からであり、これもみんながそういってきかせてくれたし、以上二つは不愉快ながらも、自分でも納得していた。

ただおてんばというのは、大いに不服だった。木のぼりがなぜおてんばなのか。どこの子も相当のぼるのに、なにもいわれなくて、なぜ私だけ悪評がきせられるのか。よその子は落ちなかったから、親に知れなかっただけで、私は柿の木のあまり細い枝まで登ったから、枝が折れて池へ墜落し、運わるくその池が泥ぶかな池だったので、髪の毛も着物も始末におえないほど汚した、というだけのことである。男の子にすりむき傷を負わせたというのも、駆けっこをしたとき、のろい男の子が私の前にいたので、そんなのろまにつきあっている場合じゃないから、さっと通り抜けたら、その子が横のほうへずっこけて、膝をすりむいて医務室へ行った、というだけのことで、特別汚名をきるほどのことじゃないと思う。私自身はしょっちゅう誰彼に、故意に突飛ばされて、膝も肘もしばしばヨーチンで色がついている。こちらはしばしばで、その時はたまたまのことだし、突当てたわけでもなし、相手が弱虫だから私の神風的追越に煽(あお)られたわけで、私の側からいうなら何も嫌悪されるだけのものはないのだ。それでも、私はおてんば、ときめられていた。

家庭内で、ひどく母や女中さんから嫌われたのは、おさかなを料(りょう)った時である。その当時はまだ、魚やさんは天秤棒盤台で、得意先をまわって売り歩いていた。ぼてふりというのとは少し違うかと思うが、主人はもちろん店にいて店売りをし、祝儀不祝儀の出張料理もするし、得意まわりの若い衆も何人かいる、といった仕組みの魚屋さんだった。だから若い衆が躾(しつ)けられているとかで、私のうちへ来るひとはことに態度もおとなしいし、言葉もていねいで、よけいごとはしゃべらず、その点がほかのご用ききとはちがっていて、多少さびしいような感じがあったのが子供心にもわかっていた。

この人が井戸端で、さかなをおろすのだが、それを見るのが私は大好きだった。庖丁の手際のほどは特に巧者か、なみか、子供にはわからなかったが、とにかく鯛(たい)なんか扱うときはおもしろい見ものだった。こけひきでシャッシャッと逆なでですると、うすあかいようにみえるうろこが、花のように散る美しさ。わたを抜くときも、わたを傷つけることなく、きたなくせずにそっと抜いてしまう。難なく頭を外す、背から刃をいれて、つうと三枚におろすと、皿の上で鯛の身は光っている。料ることのおもしろさというか、渋滞しない手際というか、とにかく私はそれを見るのが大好きだった。

だからあるとき、試みたのである。といっても魚も刃物もない。出刃庖丁なんかもち出して、買ったばかりのおさかなを切ったりすれば、どなられるのにきまっている。そんなバカはしないのである。自分の鉛筆削り用切出しで、金魚を料った。まな板代りは、つるんとした踏石をえらんだ。ところが、とてもとても、楽なものじゃなかった。見ると、するとじゃ大ちがい。鯛も赤く金魚はもっと赤かったが、ぱらぱらと桜貝のようなうろこが飛散るなんてこととは程がちがって、皮身がよじくれて、くなくなするまで引っ掻いても、うろこは剝がしきれず、その生臭さというものはなかった。処置なしになった。が、思いがけなかったのはいくら洗っても、手からにおいが抜けないことだった。金魚があんなにくさいとはおどろいた。この始末は、二度目の母をひどく慨嘆させ、しばらくは機嫌がわるくて閉口した。成ゆきというものが、思わないほうへと影響するものだということを、こんな子供のうちに身にしみておぼえた次第だが、もとはといえば庖丁さばきに見惚れたばかりなのに、これで悪名はきまった。

それでも相変らず、さかなやがくれば井戸端へ出ていった。いま思えば、その頃の魚屋はていねいだった。新しい水を汲んで、ちゃんと流しを洗っていったし、ポンプの柄にも水をかけて魚臭をきよめていった。これは私が生れてはたちまでいたすみだ川ぞいの、村の魚屋さんである。幼い日の想出であり、故郷の想出である。

はたち以後は、ここ小石川へ移り住みついて、はやもう五十年になる。今度は町のさかなやさんである。ずっと長く一つ店をかえないで世話になっている。庖丁のきくおばあさんがいて、若い衆にまじってよくまな板の前に立つ。その人が教えてくれた。一日の仕事を終え、掃除をすませたあと、うちでは一切の刃物は布にくるんで、ちょいとには見付からない場所へ、毎夜かならず仕舞う習慣にしている。もし泥棒なんかにはいられたとして、自分ンちの刃物でおどされたりしたら、あたしは虫がおさまるまいと思う。うちの刃物は、どれ一つだってみんな、まっとうなさかな庖丁なんだから、ほかのものに使われたんじゃ、稼業の傷になるからね、と。小柄で色白でやさしげなおばあさんの、どこにそんなぴたりとした心得がひそめられていたかと、感動してきいた。私が五十になろうとする頃の話である。

私はいま切れない菜切庖丁一挺(いっちょう)で、すべて用をたしているけれど、あれ以来、その切れない庖丁は使うたびに必ず布にまいて、ちょっとにはわからないところへ押込んで、心安らかにいる。

あしおと

「幸田さん、あなたどう？　通い続けられて？」

放課のベルはさっき鳴って、もうあらかたは空になっている教室で、のろくさと帰り支度をしている私の席へ、谷川先生がドアから一直線にはいっていらした。先生は担任だった。授業のときの先生口調とはがらりと変って、ことばつきが砕けて親愛に溢れていた。めんくらった私の心はみんな眼になって、先生の本をかかえた手のさきばかりに集った。指に指環があった。指環には夏の海のような宝石がはいっていて、さき細のきれいな指だった。「一時間と、そうね半まででもないけれど、二十分ぐらいはたしかにかかるわね。竹屋の渡し渡って来るの？　土手歩くの？」

訝しく先生の顔を見あげ、ようやく眼も心も馴れて話にはいって行った。先生は向嶋の地理にくわしく、驚いたことには私の家の塀が一部分からたち垣であることまで知っていた。先生のおとうさまが向嶋で友禅工場を経営していられると聞くと、それで万事思いあたった。谷川染物工場といえば土地では子供でも知っている、大きなものである。小学校の裏隣と隅田川沿いと二個所にあるその工場には、赤い花模様を染めた大幅メリンスが広い干し場いっぱいにいつも懸けつらねてあって、私もよく見なれている美しい風景だった。「見たところあなたは痩せていて、あんまり丈夫でもなさそうだから、なんでも困ったときは云っていらっしゃい。それに四年生にあなたのおねえさんがいるから、心細かったら何でも相談なさいね。」先生は混雑の電車が嫌いな私を見透したように、通学難を励ましてくださった。先生自身は寄宿舎の一室を取って校内にいられるという。「私はおばあさんだけれどあなたは若いんだから、途中が苦しいからと云って、折角縁があって来た学校をやめるなんて思わないで、元気でいて頂戴。」

　無試験のお情入学生は胸に浸みるものを感じた。母でもない、姉でもない、親しい味を置いて先生が行ってしまったあと、何かぼうっとした気もちが残っていた。友だちに見られているとおもい急いで席を起ったが、下駄箱へ行ってもまだぼうっとしてい、変であった。ちょっと考えて見、すぐああそうかとわかった。はにかんだときの気もちと同じだった。先生は向嶋の人だったと、何度も何度も思いかえし湧くように楽しく、早く帰ってははに報告したかった。

　翌朝、急ぎ足に来る先生を見ると、暗い廊下がうららと晴れわたるような嬉しさで黙礼をした。摺れちがって、突然ぴしっと熱さが頬に貼りついた。羞しさが燃えていた。本能的に人を避けようとし、階段下を利用した掃除道具置場の三角の小部屋へ隠れ、なんのゆえと疑う心もなくただ一心に呼吸を整えようとしていた。いくらか落ちついた。そして、さて出て行くしおを失っていると知った。始業すぐまえで生徒はしきりなしに階段をあがっている。何本の足がどれほどの重量を持ちあげて行くのだろう。頭の上五寸ばかりを斜(ななめ)に迫る階段の裏板は、その恐ろしい足音を僅かに支えていた。いま出ては見咎められるだろう。いちばん後をそっとついて出るよりほかはない。動かずに、音の過ぎるのを待っていた。そのとき以後、私は先生を考えたり見たりすると、羞かしくかっとする癖がついてしまった。なぜこうなったのか、どういうことになったのかとも考えず、ひたすら赤面を人にさとられたくなかった。羞かしがる心、血のさした頬が隠したかった。

それから二三日すると、校庭で不意に呼びかけられた。「幸田さんでしょ?」

ふりかえると上級生が三人、まんなかの人が、「あたし正枝よ」と云った。先生の云った四年生のおねえさんとは、この人であるのがわかった。花やかな靨(えくぼ)だった。またしても私の血は、勝手にかあっと駈け足をした。天日の下に隠しもごまかしもできない羞しさで、あわてている私の肩へ手をかけると、くるっと対(むこ)う向きにして、正枝さんはふざけているような調子で、寄宿舎の路まで私を押して走った。そこには人がいなかった。

「ちょっとおしゃべりしない?」正枝さんはいま会ったばかりの私に何のへだたりも置いていないらしく、自分のうちは父を亡くして母と兄弟ばかりであること、向嶋に住んでいるのだからこれからは毎日一緒に通学できること、私の亡くなった姉とはお茶の稽古が一緒であったことなどを、つぎつぎと話した。紫銘仙の著物に白羽二重の襦袢の襟が清潔に細く重なって、襟脚が長い。横顔の鼻から口・頷へかけて、ことに美しかった。

すぐその日から、待ちあわせて一緒に帰った。三人五人とうち連れて楽しげに帰るむれを外れ、道のはじっこを一人で歩いていたのはきのうだった。きょうは違う。上級生が、正枝さんが一緒である。すこし行くと二年生が追っかけて来て、わっと正枝さんを囲み、「九段まで一緒に行きましょうよ。」「神保町まで一緒の電車に乗りましょうよ」とせがんだ。私の名も処もたちまちこの人たちに訊問され、「おうちまで太田さんと一緒に行かれるなんて、まあいいのね」と羨ましそうだった。一時間余の長い道を話したり黙ったり、もう正枝さんの家に近い隅田川の土手を歩いていた。

「幸田さん、あなたけさ私が呼んだとき赤くなったわね。」——とたんに私はまた赤くなった。「あなたは感情が強いのよ。そして正直なのよ、いい人なのよ。フィジカルにも嘘をつかない人はいい人間にきまっているって、私の母も兄も云うのよ。」

フィジカルということばを知らなかったので、云われた意味がとれなかった。

「私も前にはよく赤くなって困ったことがあるの。いくら正直のほうがいいって云っても、羞かしい上に証拠まで出したように赤くなるのは、ほんとに恰好がつかないんですものね。でもうちでは、羞かしいことの証拠ばかりじゃない、いい人間だ正直だっていう証拠を見せているわけなんだって、そう云うの。それもそうだと思うわね。」ゆっくりゆっくり歩いていたのだけれど、正枝さんの足はとうとうとまってしまった。

河は夕潮に太って、水にはのしあがって行くような活気があふれていた。暮れるに間のある陽が、水のあたまに朱を点し金銀を蒔いている。正枝さんは荷物をかかえたまま、大胆に西日へ顔を向けている。

「ちょっと幸田さん、あたしの顔見てくださらない？　赤い？　赤くない？」——なんのことか咄嗟に返辞ができなかった。「ねえ、赤い顔になっている？」

「ええ赤いわ。」ちょっと見て赤いような気もしたが、ほんとうは頷の下がふくっと白いようだった。そんなことより、かわいらしい鼻の穴だった。

「きれい？　私きれいに見える？」赤くっても白くっても、きれいな人と思いこんでいたから、きれいだと答えた。

「そうお。」正枝さんはまた歩きだしながら話す。「すぐそこに住んでる人だけれど、兄のお友だちで美術学校へ行ってる絵かきさんがいるのよ。ゆうべその人が来ていてね、女の人の赤い顔というものは美しいっていう議論していたの。だから私の顔どんなかと思って、あなたに見てもらったの。きっとそれ、ほんとのことかもしれないわね。そう思わない？」

狐につままれたような珍しい話だった。私は自分の赤い顔が醜いと思っていたが、反対しては悪かろうと遠慮した。しかし、鏡が見たいなとも思った。正枝さんの話は一々腑に落ちるような、また落ちないような、それでいて私は惹きつけられていた。

別れる場処へ来ていた。私の家のほうが三町ほど奥だった。

「じゃあ、あした待っているから誘ってね。」半分は土手の上の私に見かえりながら、半分は足もとにも気をつけながら、とんとんと土手を降りて行った。うしろを向くと葡萄茶の袴腰に、薔薇の折り枝が白く刺繍で浮きあがっている。こんな袴を穿いている、こんなめざましい人はほかにいなかった。

あとみよそわか

掃いたり拭いたりのしかたを私は父から習った。掃除ばかりではない、女親から教えられる筈であろうことは大概みんな父から習っている。パーマネントのじゃんじゃら髪にクリップをかけて整頓することは遂に教えてくれなかったが、おしろいのつけかたも豆腐の切りかたも障子の張りかたも借金の挨拶も恋の出入も、みんな父が世話をやいてくれた。人は父のことをすばらしい物識りだと云うし、また風変りな変人だというが、父に云わせれば、おれが物識りなのではなくてそういう人があまりに物識らずなのだと云い、わたしが変なのではなくて並外れの人が多い世の中なんだ、ということである。ははあとも思い、はてなともおもっていた。いずれにせよ、家事一般を父から習ったということは、そういう父の物識りの物教えたがりからでもなく、変人かたぎの歪んだ特産物でもなかったのである。露伴家の家庭事情が自然そういうなりゆきにあったからであり、父はそのなりゆきにしたがって母親の役どころを兼ね行ってくれたのであった。私は八歳の時に生母を失って以後、継母に育ての恩を蒙っている。継母は生母にくらべて学事に優り、家事に劣っていたらしい。

この人は教育者の位置にあった人であるが、気の毒にも実際のまま子教育には衝きあたることが多かった。失望、落胆、怒り、恨み、そして飽き、投げ出すという順序である。教えてやろうとするから私もいやな思いをする、子も文句を云う、世間じゃまま子いじめだと云う、ほっとくのが一番面倒が無くていいという宣言は、父も私も幾度も聴いている。父は兄弟の多い貧困の中に育って、朝晩の掃除はいうまでもないこと、米とぎ・洗濯・火焚き、何でもやらされ、いかにして能率を挙げるかを工夫したと云っている。格物致知はその生涯を通じて云い通したところである、身を以てやった厳しさと思いやりをもっている。おまけに父の母である。八人の子のうち二人を死なせ、あとの六人をことごとく人に知られる者に育てあげた人である。ちゃんとイズムがあって、縫針・庖丁・掃除・経済お茶の子である、音楽もしっかりしている。こういうおばあさんが遠くからじっと見ていて、孫娘が放縦に野育ちになって行くのを許す筈が無い。そして問題の本人たる私は快活である、強情っ張りは極小さいときからの定評、感情は波立ち易くからだは精力的と来ている。こういう構成ではどうしても父がその役にまわらなくては収まりがつかないのである、その心情は察するに余りあるものである。

はっきりと本格的に掃除の稽古についたのは十四歳、女学校一年の夏休みである。教育は学校の時間割のように組織だってしてくれたというのではない。気の向いた時に教えてくれるのだが、大体十八位までがなかなかやかましく云われた。処は向嶋蝸牛庵の客間兼父の居間の八畳が教室である。別棟に書斎が建つまでは書きものをする処にもなってい、子供は勿論、家人も随意な出入は許されていなかった、いわばいかめしい空気をもった部屋であった。つまり家中で一番大事な、いい部屋なのである。玄関でなく茶の間でなく寝室でない、この部屋を稽古場にあてられたことは、稽古のいかなるものであるかを明瞭にしている。十四といえば本当の利かん気の萌え初める年頃である、これはやられるなと思い、要心し期待し緊張した。道具を持って来なさいと云われて、三本ある箒の一番いいのにはたきを添えて持って出る。見て、いやな顔をして、「これじゃあ掃除はできない。ま、しかたが無いから直すことからやれ」というわけで、日向水をこしらえる。夏の日にそれがぬるむまでを、はたきの改造をやらされ、材料も道具もすべて父の部屋の物を使った。おとうさんのおもちゃ箱と称する桐の三ッひきだしの箱があって、父専用の小道具類がつまってい、何かする時はきっとこれを持ち出すのである。鋏を出して和紙の原稿反故を剪る、折る。折りかたは前におばあさんから教えてもらったことがあるから、十分試験に堪えた。団子の串に鑢をかけて竹釘にする、釣綸のきれはしらしい渋引の糸屑で締めて出来上り。さっきのはたきとは房の長さも軽さも違っている。「どうしてだか使って見ればすぐ会得する」と云われた。箒は洗って歪みを直した。第一日は実際の掃除はしなかった代りに、弘法筆を択ばずなんていうことは愚説であって、名工はその器をよくすというのが確かなところだということを聞かされた。その日、その部屋は誰がどう掃除したか、まるで覚えていない。

第二日には、改善した道具を持って出た。何からやる気だと問われて、はたきをかけますと云ったら言下に、「それだから間違っている」と、一撃のもとにはねつけられた。整頓が第一なのであった。「その次には何をする。」考えたが、どうもはたくより外に無い。「何をはたく。」「障子をはたく。」「障子はまだまだ！」私はうろうろする。「わからないか、ごみは上から落ちる、仰向け仰向け。」やっと天井の煤に気がつく。長い采配の無い時にはしかたが無いから箒で取るが、その時は絶対に天井板にさわるなと云う。煤の箒を縁側ではたいたら叱られた。「煤の箒で縁側の横腹をなぐる定跡は無い。そういうしぐさをしている自分の姿を描いて見なさい、みっともない恰好だ。女はどんな時でも見よい方がいいんだ。はたらいている時に未熟な形をするようなやつは、気どったって澄ましたって見る人が見りゃ問題にゃならん」と、右手に箒の首を摑み、左の掌にとんとんと当てて見せて、こうしろと云われた。机の上にはたきをかけるのはおれは嫌いだ、どこでもはたくはたきは汚いとしりぞけ、漸く障子に進む。

ばたばたとはじめると、待ったとやられた。「はたきの房を短くしたのは何の為だ、軽いのは何の為だ。第一おまえの目はどこを見ている、埃はどこにある、はたきのどこが障子のどこへあたるのだ。それにあの音は何だ。学校には音楽の時間があるだろう、いい声で唱うばかりが能じゃない、いやな音を無くすことも大事なのだ。あんなにばたばたやって見ろ、意地の悪い姑さんなら敵討がはじまったよって駈け出すかも知れない。はたきをかけるのに広告はいらない。物事は何でもいつの間にこのしごとができたかというように際立たないのがいい。」ことばは機嫌をとるような優しさと、毬のような痛さをまぜて、父の口を飛び出して来る。もともと感情の強い子なのである。このくらいあおられれば恐れ・まどいを集めて感情は反抗に燃える。意地悪親爺めと思っている。「ふむ、おこったな、できもしない癖におこるやつを慢心外道という。」外道にならない前にあっさり教えてくれろと、不敵な不平が盛りあがる。私ははたきを握りしめて、一しょう懸命に踏んばっている。「いいか、おれがやって見せるから見ていなさい。」房のさきは的確に障子の桟に触れて、軽快なリズミカルな音を立てた。何十年も前にしたであろう習練は、さすがであった。技法と道理の正しさは、まっ直に心に通じる大道であった。かなわなかった。感情の反撥はくすぶっていたが、従順ならざるを得ない。しかし、私の手に移るとはたきは障子の桟に触れずに、紙にさわった。房のさきを使いたいと思うと力が余って、ぴしりぴしりという鋭敏過ぎる破壊的な音を立てる。わが手ながら勘の悪さにむしゃくしゃするところを、父は「お嬢さん痛いよう」とからかい、紙が泣いていると云った。私は障子に食いさがって何度も何度も戦った。もういいと云うのでやめたら、それでよしちゃいけないんだという。何でもおしりが肝腎なんだそうで、出入りのはげしい部屋は建具の親骨が閾を擦る処に、きっと埃ごみを引きずっているから、ちょいと浮かせ加減にしてそこを払っとくもんだということである。襖にははたきを絶対にかけるなと教えられた。その頃うちは女中がいつかず頻繁に入れかわっていたが、その女中達の誰でもが必ずといっていい位、毎朝目の敵にして唐紙をぶっぱたく。そのくせ掃除のあとにはきまって、隅の二枚の引手にはきのうの通りに埃がたまってるのは実に妙なことだ。唐紙は毎日はたくほどな埃がたまるものでない、と云う。「しかし埃はたまる、たまるからその時は羽根の塵払いをつかえ、羽根の無いときにはやつれ絹をつかえ、絹の無いときにはしら紙のはたきをつかえ、それも無いときにはむしろ埃のまんまで置いとけ」と云われ、唐紙というものはすごく大事な物なんだなあと驚嘆し、非常に深く記憶にのこっている。

箒も自分でして見せてくれた。持ちよう、使いよう、畳の目・縁、動作の遅速、息つくひまも無い細かさであった。「箒は筆と心得て、穂先が利くように使い馴らさなくてはいけない。風に吹かれたような癖がついている箒がぶらさがっていれば、そこの細君はあまい」と判定を下した。変な気がした。うちの箒はみんな風に吹かれてい、現にこの箒もきのう洗って形を直したのである。おとうさんうちのことを云ってるのか知らん。

掃き掃除は、とにもかくにも済んだのである。「十四にもなってから何も知らないで世話がやけるようじゃ、水の掃除などはとてもとてものことだ。当分拭き掃除はお預けにする。梯子段は一段一段あがらなくちゃならない、二段も三段も跨ぐことは無理だ」ということであった。休講のベルである。子供心に大した稽古であったことを覚ってい、砕かれ謙遜になった心は素直に頭を下げさした。箒と平行にすわって、「ありがとうございました」と礼儀を取った。「よーし」と返事が来た。起って歩きかけると、「あとみよそわか。」？とふりかえると、「女はごみっぽいもんだから、もういいと思ってからももう一度よく、呪文をとなえて見るんだ」と云った。「あとみよそわかあとみよそわか。」晴れ晴れと引きあげて台処へ来ると、葭簾を透して流しもと深く日がさし込んでいる。板の間に腰をかけていると、弟が庭からやって来て簾越しに、「ねえさん」と声をかけ、大上段にふりかぶって、「小豆ながみつ」と斬りおろすしぐさをする。川中島の合戦、兜まで斬られたろうとからかうのである。「軍配うちわだア、負けるもんかア」と私は躍り出して追っ駈ける。弟は畠へ陣を退いた。

毎日きちんと、日課として掃除に精を出した。机の上のかたづけかたも習った。物を行儀に置くことも、行儀を外して置くこともできるようになった。自然、客のすわる処も茶碗の置き場も覚えた。はたきも箒も幾分進歩した。

それから十年、私は結婚して女の児を恵まれてい、二人の女中がいた。年弱の方をお初さんといって幸田家の近くに住む職人の娘、純粋な町っ子であり、この人のねえさんには始終著物を縫ってもらっていたので、以前からの馴染であった。色白の丸ぽちゃの優しい子で、赤ん坊が好きなので自分から望んでお守り奉公に来てくれたのである。私はいとおしんでいた。生後八ヶ月、赤ん坊は突如腸重畳という病気に襲われて、からくも開腹手術によって危い生命をとりとめたが、どの先生から洩れたのか、誰から云い出したのかわからなかったが、この病気の原因としてどこでもよくする、高い高いという児童をあやすやりかたのことが話題になり、お守り役のお初さんは誘導訊問とも知らず、発病の日の朝幾度もその遊びをして、「お嬢ちゃまきゃっきゃっとお喜びになりました」と答えた。私は頑強にこの子を庇いきって手放さなかった。主人の母は、「一度躓きのあった者はよした方がいい」としきりに疎んじたが、私はかえって仕立てて見たい欲望をもつようになって、或日から掃除教育をはじめたのである。

　私のように勘が悪くても強情でも、心に痛い思いをしながらもどうやら覚えた。まして、この子のように素直な、しかも覚りの早い町っ子には、紙にしみる水のような移りの早さを期待したが、この子の素直さには物を受けとめる関が無かったし、移りの早さは上滑りをともなっていた。毎日はいはいとよく云うことを聞き、毎日同じ無理解を示した。唖然とし、二十六歳の若い私にはこのいい加減、中途半端が見のがせなかった。恥かしいが、私のことばも態度もこの子に対って荒れて行った。惨憺たる結果が来た。ひまを取りに来た兄は、一ト筆新聞へ投書すればと云い、私は思いがけない数々のいやなことばを浴びた。荷物を持って帰るお初さんは、なぜか下駄を履く時になって、「奥さま」と呼んで涙の目を振向け、私も本意無いおもいで別れた。主人の母は、「それ御覧」と云った。

お初さんの家では娘の帰って来たことを、どのように近処に話したか、うかがい知るに難くない。住いが近処なのであるから、じきに継母に伝わり、父に取りつがれ、私は呼び出された。せめて父にだけは知ってもらいたくて、かき口説いていたが、ふと気づいて見ると父は聞いているのかいないのか、非常に澄んだ顔つきで瞑目している。私も黙った。

「人の選みかたに粗忽があったな」とこちらを見、「わたしにはおまえがどういうようにやったかはっきりわかる」と云い、何とも云えぬ重い表情が掠め、それは私にも不安な思いを植えた。小言や教訓らしいことは一ト言も云われなかった、それもなにか落ちつかないことであった。一日二日と、父の重い表情をさぐって思案した。挙げ得ることは多かった、そのどれも多少は触れていると思えるが、そのどれもは私をうなずかせ満足させるわけに行かない。当時はこのいきさつのうち何よりも父の表情が私の上にのしかかっていて暗いおもいがしたが、あれから二十年、大抵なことは長いあいだに思い至るところのあるものだが、いまだに解に達していないけれども、今はこの表情を見たことをたからもののように思っている。理解を許さない顔をもっている父なんていうものは、いいなあ、実にいい親だ。お初さんももう三十幾つかになっているだろう、思い出すたびにさみしくはあるが、ほのぼのと懐かしい。それにしても並とか並外れとかは、いつまで私と道づれになっているんだろう。

水

水の掃除を稽古する。「水は恐ろしいものだから、根性のぬるいやつには水は使えない」としょっぱなからおどかされる。私は向嶋育ちで出水を知っている。洪水はこわいと思っているけれど、掃除のバケツの水がどうして恐ろしいものなのかわからないから、「へーえ」とは云ったが、内心ちっともこわくなかった。バケツもむずかしくて、しかも不粋だと云う。粋というのは芸者やお師匠さんのことだと思い、不粋というのは学校の先生やもごもごした人のことだとおもっていたから、バケツが不粋だというのはおかしかった。水と金物が一緒になってかかって来ては、紙も布も木も漆も革も、石でさえもがみんなだめになってしまうのだそうである。掃除は清らかに美しくすることである。こういう破壊性をもっているものを御して、掃除の実を挙げるのは容易でないと聴かされて見ると、なるほどである。「どこのうちでも女どもが綺麗にする気でやっているが、だんだん汚くなって行くじゃないか。住み古していい味の出ている家なんていうものは、そうざらにあるもんじゃない」と云った。「うちの廊下を御覧、どう思う」というから、黒く光っていてなかなかいいと云ったら、「よくはない、下の上か中の下くらいだ。こういう光りかたはよくない」と云う。「おまえになぜ黒いかわかるだろう」と訊くから、木が黒くなる木なんだろうと云ったら、上を向いて笑われ、「そんなやつあるもんか。長年なすくったぼろ雑巾の垢のせいだ。結構な物を知らない困った子だ」とあわれまれた。話が廊下だったから助かった、こういう「結構」であわれまれる時は大抵博物館が出て来る。父は、殊に若い時に結構な物が見たくてしかたが無かったが、そういうものを持っている人達は傲慢やらけちん坊やらで、見せ惜むものだったそうである。博物館の物は皆が皆、極結構というわけじゃないけれど、結構なんだし、わずかな観覧料で気がね無く見られるのは大いに役に立つ処だというのだが、私には退屈な場処だった。「しょうがねえやつだ」と父は苦笑したが、私もいやなこったと閉口している。廊下は博物館に無いらしいから安心である。

雑巾は刺したものより、ならば手拭のような一枚ぎれがいい。大きさは八つ折が拡げた掌からはみ出さない位であること。「刺し雑巾は不潔になり易いし、性の無いようなぼろっきれに丹念な針目を見せて、糸ばかりが残るなんぞは時間も労力も凡そ無益だから、よせ。そのひまにもっと役に立つことでも、おもしろいことでもやれ」と云う。バケツには水が八分目汲んであったが、「どうしてどうして、こんなに沢山な水が自由になるものか」と、六分目にへらされた。小さい薄べりを持って来て廊下に敷き、その上にバケツを置く。

「いいか、はじまるぞ、水はきついぞ。」にこにこしているから心配はいらない、こっちもにこにこしている。稽古に馴れたからもある。雑巾をしぼるのである。私は固くしぼれる、まえにおばあさんにも父にも叱られたことがあるから、ちゃんとできるようになっている。褒められることを予期している心は、ふわふわと引締らない。雑巾を水に入れて、一ト揉み二タ揉み、忽ち(たちま)、「そーら、そらそら」と誘いをかけられる。何だかちっともわからないけれど、それなり黙ってしまったから進行する。こんな時におどおどしたり、どうしたんですかなんて間抜けな質問をしようものなら、取って押えられるにきまっているから、すましている。しぼり上げて身を起す途端に、びんとした声が、「見えた」と放たれる。太短い人差指の示す処には水玉の模様が、意外の遠さにまではね散っている。「だから水は恐ろしいとあんなに云ってやっているのに、おまえは恐れるということをしなかった。恐れの無いやつはひっぱたかれる。おまえはわたしの云うことを軽々しく聴いた罰を水から知らされたわけだ。ぼんやりしていないでさっさと拭きなさい、あとが残るじゃないか。」今の今にこにこしていた顔は、もはや顎骨(あごぼね)が張って四角になっている。私は漸(ようよ)うに集中した心になる。このことを思うと、いつも伏し眼にならざるを得ない。私はものを教わる心はあるけれど、すばやく習う態勢になれない。さっと受取る身構えになれないのである。つまり、習うまでに至る準備時間、誘導の手間がいるのである。親子・他人の別は無い、教えるも習うも機縁である。啐啄(そったく)同時は何度云われたか知れないにもかかわらず、大抵の場合私がぐずぐずしているうちに、父の方は流れて早き秋の雲、気がついたときはすでに空しく、うしろ影がきらりと光る。また時には足踏みして待っていてくれる。こちらが行きつく時分には父はもう待ちくたびれていらいらしているから、私はきまってやっつけられる。なにか膏垢のようなものがぎっしりしてい、痛い思いをしてこそげられてはじめて心根に達する。教えてやろう心は父に溢れている。いささかも惜みない、最も丁寧な父の教育にしてはじめて徹るのである。最後まで私はこの愚をくりかえして大切な機会を逃し続けた。不肖の因はいくつもあるが、これもその大なる一ツである。

私はおじおじと困じてしまい、父は例の通りにやって見せてくれた。「水のような拡がる性質のものは、すべて小取りまわしに扱う。おまけにバケツは底がせばまって口が開いているから、指と雑巾は水をくるむ気持で扱いなさい、六分目の水の理由だ。」すくない水はすぐよごれるから度々とりかえる、面倒がる、骨惜みをするということは折助根性、ケチだと云う。露伴家ではケチということばは最大級のものである。ケチなやつと叱られた時は、もっとも蔑まれ最も嫌われ、そしてとどめを刺されて死んじまったことを意味するのである。私も弟もこのことばを聴かされたときは、すでに弁解の道も嘆願の手も封じられたことを観念して、ひたすら畳に密著して謹慎之を久しゅうしなくてはならなかったのである。水を取りかえる労を惜むのがケチなら、よごれた水で拭いて黒光りがしている廊下はさしずめケチの見本である、気に入らないのも無理は無い。よい廊下をよく拭込んだのは、ちょうど花がつおのような色とてりをもっているそうである。私はちっともよそへ出たことが無いから、いまだにそういう結構な廊下に行きあたらない。

　父の雑巾がけはすっきりしていた。のちに芝居を見るようになってから、あのときの父の動作の印象は舞台の人のとりなりと似ていたのだと思い、なんだか長年かかって見つけたぞという気がした。白い指はやや短く、ずんぐりしていたが、鮮かな神経が漲ってい、すこしも畳の縁に触れること無しに細い戸道障子道をすうっと走って、柱に届く紙一ト重の手前をぐっと止る。その力は、硬い爪の下に薄くれないの血の流れを見せる。規則正しく前後に移行して行く運動にはリズムがあって整然としてい、ひらいて突いた膝ときちんとあわせて起てた踵は上半身を自由にし、ふとった胴体の癖に軽快なこなしであった。「わかったか、やって見なさい」と立った父は、すこし荒い息をしていた。後にもさきにも雑巾がけの父を見たのはこの時だけである。

　身のこなしに折り目というかきまりというかがあるのは、まことに眼新しくて、ああいう風にやるもんなんだなと覚えた。父は実行派である、何でもすぐやるのが好きである。私はたちまち真似をして雑巾を摑んで、すっすっとやったのだが、「なんでそんなにぎくしゃくする、もっと楽にやれ」と云われ、あっけにとられ失望した。自分でやって見せておきながら、なーんだと思うのである。父の教えかたは大別三段になっているようである。やらせて見る、やって見せる、も一度やらせて見る、である。見れば見まねで覚える、三ッ児でさえままごと遊びに掃除のまねはする。が、実際にあたらないものは真でなく、ただ似つこらしさである、そこを叩込むという調子で一々指摘する糺明する。うんざりしたり閉口したりするのはケチである。棄てられるのである。堪えるということは、父親を失わないためには絶対の線であった。腹を立てる、泣く、じぶくる、歯を剝く、これらの悪徳はまだしも許されたが、ぐちゃぐちゃとくずおれることは厳禁であって、容赦無く見放された。私は父に見限られることはいやで、こわかった。母の無い子なのである。

この雑巾がけで私はもう一ッの意外な指摘を受けて、深く感じたことがある。それは無意識の動作である。雑巾を搾る、搾ったその手をいかに扱うか、搾れば次の動作は所定の個処を拭くのが順序であるが、拭きにかかるまでの間の濡れ手をいかに処理するか、私は全然意識なくやっていた。「偉大なる水に対って無意識などという時間があっていいものか、気がつかなかったなどとはあきれかえった料簡かただ」と痛撃された。云われてみれば、わが所作はまさに傍若無人なものであった。搾る途端に手を振る、水のたれる手のままに雑巾を拡げつつ歩み出す、雫は意外な処にまで及んで斑点を残すのである。更に驚くべきことには、そうして残された斑点を見ぐるしいとも恥かしいとも、てんで気にさえならず見過していたことである。十七八のころ私は探偵小説が大好きで、手拭を搾ったあとの無意識の動作が話の種にならないだろうかと訊いて、「小きたない趣向だ」と笑われた。気をつけて人のふりを見れば友達も女中も継母ですらが、心なく濡れ手を振りまわしている。「これが会得できさえすればおまえはすでに何人かの上に抜けたのだ」とおだてられ、すっと脊が伸びた気になるところは私の娘心のすなおさだったとおかしい。そのかわり、「水の扱えない者は料理も経師も絵も花も茶もいいことは何もできないのだ」とおどされれば、すぐに厄介だと思ってへこんでしまうのである。「おとっつぁんがうるさいなんと思えば大違いだ、お茶の稽古に行って見ろ、茶巾を搾って振りまわしたり、やたらに手みずをひっかけていいという作法は無い。わたしの云うところはあたりまえ過ぎるくらいあたりまえだ」という。

昭和のはじめに三十近いおきちさんという女中さんがいたが、この人は小学校も卒業しないちいさいうちにふた親を亡くして孤児になってしまい、以来転々と糸取り工女生活を続けて苦労をしたという経験をもってい、何事にもめげない快活な女であった。これが拭き掃除をしたあとは、ことさらにぽたぽたと雫がたれていて具合が悪かった。あるとき父は云った、「おまえは朝っぱらから廊下でなんぞふざけていちゃいけないぞ。」「はあ?」「はあじゃないよ、見ろそこいら中にだらし無くぽたぽたたれているのは何だ。おまえも美い女でいいが、こうたらしてちゃきたねえな」と云っている。「まあ、いやなことを云う旦那様だね」と大笑いしていたが、それからは余りぞんざいでなくなった。これは何だかちょっと私の耳に疑問をのこしてとまったが、あとではおきちさんを見て法を説いた父の滑稽を思うのである。父は召使に、私を教えたようには決してしなかった。相当な文句を云いながらも任せてほうっていた。私も一度教えられて後は任せられていたが、それでもなかなかほうりきりにはされず、時々やっと一本つけられる。たとえば、今急ぐからなどという口実のもとに木の目なりも何もかまわず、雑巾ひんまるめてぐるぐるっとやったりすると、「おいおい、葦手（あしで）模様としゃれてちゃいけない」と来る。葦手模様が何だか知らなかったから百科辞典へ頼る。その頃には百科辞典は女中にさえ開放され備えられていたのである。絵が出ているから、ははあと合点し、又やられたと思う。こういう叱りかたを私は好きだったから、弟にも友達にも受売りを適用して、「なーんだ、葦手模様も知らないのか」などと得意がっていたから、生意気を憎まれた。

　雑巾がけは一時期はよしと云われるだけになり得たが、玄関のたたきを洗う掃除は遂に見放された。きょうもまた叱られるのかなあとしぶしぶ水や箒を運んでいると、父が出て来て、「おまえには到底だめだからしなくてもいい」と、あっさりやられてがっかりした思いがある。この頃はまだお客が多くて玄関は毎日よごれる。私は表向きことわられているのだから、父の起きて来ないうちに忍んですることにした。あれほどよく見抜く人が気のつかない筈は無いのに、一ト言も云ってくれない。知っていて構いつけないのか、或はまた全然そのことから無邪気に離れてしまっているのか、窺うことをゆるさぬこういう態度は私には一番難物であった。絶えざる注意と即応する構えをもっていなくてはならない、やりきれないものであった。十六歳、私は改めて家事一切をやらされたその頃のある朝、なま乾きの玄関に立った父は、「掃除をしたらしいな」と云い、私ははっとちぢみあがったが心は晴れ晴れとしたのである。二年間と数えれば長い時間ではあるけれど、十五十六はおもしろい盛りである。楽しいことはひまなくぎっしりとつまっている。いつも苦にしていたというではないが、気やすく忘れてしまえるわけでもなかった玄関であった。やかましい小言にくらべれば黙殺には王位の厳しさがある。

この時代から空襲前までに、幾人かの女達が家事の手伝に入りかわりしているが、その人達がたたきに水を流すたびに父は舌打ちをして、「満足に雑巾も搾れない癖に小賢しくも水の掃除をしゃあがる、サルには負ける」と。サルも父愛用のことばである。利口そうにまじまじとしたこの動物の滑稽な姿態動作に、私は友人の親しさを感じている。私は文子ザルなのである。

*

父は水にはいろいろと関心を寄せていた。好きなのである。私は父の好きだったものと問われれば、躊躇なくその一ツを水と答えるつもりだ。大河の表面を走る水、中層を行く水、底を流れる水、の計数的な話などは凡そ理解から遠いものであったから、ただ妙な勉強をしているなと思うに過ぎなかった。が、時あって感情的な、詩的な水に寄せることばの奔出に会うならば、いかな鈍根(どんこん)も揺り動かされ押し流される。水にからむ小さい話のいくつかは実によかった。これらには、どこか生母の匂いがただよっていた。生母在世当時の大川端の話だったからである。簡単に筆記にしてシリーズのようにして残してくださいと頼むと、いつも「うん」と承知するが、その時になると、「まあ今日はよしとこう」と来る。翌日も押すと、「おまえは借金取りみたようなやつだ。攻めよせて来るとはけしからん」といって、ごまかされてしまう。借金取りと云われてはいささか気持がよくないから、これらの話は一ツだけしか残っていない。残ったのは「幻談」と私のあきらめばかりである。

「幻談」を遡る十何年、私の十八歳、十一月半ばと記憶するその時から、父の水の話に感嘆する心はぐっと深くなっている。私の生命にかかわったかも知れない一事件があった。学校の教科書にはポオの「渦巻」の抜萃が載っている。辞引を引いたってどうしたって、まるで歯の立つ代物ではなかった。私はあぐねていた。そのとき父はお酒を飲んでいたのだが珍しいことに、「おまえどうしたんだ」と訊いてくれた。渡りに舟と飛び乗る。「うむ、あの話か。ちょいとお見せ」と眼鏡をかける。子供たちは父親の英語発音を尊敬していない。英国流でもなしアメリカ風でもない奇怪な発音であった。訳をしてくれたが、それがひどい逐字訳で、何の意味だかさっぱりわからない。本を見ないで聴いていると漢文のようである。「おまえがわかってもわからなくても、この本にはそう書いてある」というのだから閉口した。「おまえは渦巻を知らないからだめなのさ」と本を置いて眼鏡をはずすと、もうポオにあらざる親爺の渦巻に捲かれてしまい、訳読なんぞはどうにでもなれ、溜息の出るようなすてきな面白さであった。話を終らせたくなかった私は、質問をして次の話をたぐる。なにしろ酒の気があるところへ興を催しているのである。「渦は阿波の鳴門が引受けてるわけじゃない。おまえの毎日見ている大川にだっていくつ渦があるか。表面にあらわれるところは大したこともない渦が、水底には大きな力をもっているのがある。そういうのに藁しべを流して御覧、いかなる状態を出来するか」と話をとぎらせておいて、じっと見つめられると、むかむかするような恐怖をもたされた。最後に、どうしてこういう渦から逃れるかが語られ、泳ぎができなくてもやれるというので、直沈流の私は一しょう懸命に聴いた。これで話が終れば無事であったが、その翌日、私はずぼんと隅田川へおっこったのである。

その日は朝しぐれの曇った日であった。吾妻橋の一銭蒸気発著所の浮きデッキと蒸気船の船尾との狭い三角形の間へ、学校帰りの包みやら蝙蝠やらを持ったまま乗ろうと、踏み出した足駄を滑らせて、どぶんときまったのである。眼を明けたら磨りガラスのような光のなかを無数の泡が、よじれながら昇って行くのが見えた。渦。咄嗟に足を縮めた。ずんと鈍い衝当りを感じるのを待つ必死さに恐れは無く、ぐわんと蹴って伸びた。ぐぐっと浮きあがって、第一に聞えたのは、砂利でもこぼすような音だった。いまだに何の音だか腑に落ちないが、父は、「それが水の音さ」と云っていた。ついで遥か高い橋の上を人が走っているのが見える。「おっこった、おっこった、浮いた浮いた。」恥かしかった、あわてた。水はがばがばと口の中へ流れ込み、負けまいとしてもがき飲んだ。飲みつつ流れた。人も飛び込んでくれ救命具も投げ込まれたが届かず、一定の距りを置いて一緒に流れた。橋を越えれば永代へ通う別な蒸気船がとまっている。また渦か。恐れと同時に水は顔を浸した。夢中の鼻さきへきらりと光ったものが走って来、それは水棹であった。竹か木か覚えていない。棹の先には研ぎすましたような三角形の金具がついていた。棹を手繰る老船頭は微笑し、若い舟子は艫の櫓にいた。私は蝙蝠はいつか放してしまったが、教科書の包みはしっかりかかえていたので、先ずそれを放させ、両手を小縁にかけさせた。機械体操のように両腕に力を入れても、からだは水の上に浮かず、小さいその舟は他愛なくゆらりゆらりとかしいだ。船頭は「ゆっくりゆっくり、やんわりやんわり」と云った。それでも私はあせった。袴は襞一杯に拡がり、すごい重さで水にくっついている。渾身の力を込めると、思いがけなくも足は舟底へ吸われ仰向けに倒れ、水はも一度額を濡らしたが、船頭は手を摑んでいた。日にやけたその顔が小縁に低く近々と寄って来た。しんから怖く歯が鳴ったのを記憶する。あとはよくわからない。水のなかでぐるぐる廻されたようにも思う。はっとした時には、腰骨が砕けるように痛く舟縁をこすってい、上半身は水を逃れていた。袴腰は取られ、同時にはたき倒されて私は舟底にころげて起きられず、橋の上からはわっと歓声が挙った。

毎日通学する私の身許は知れていたから、電話がかけられ宿俥が迎えに来た。そのあいだの恥かしさ、なにしろ上から下まで何もかもぐっしょりである。素肌の上へ船員の金ボタンの外套を著せられ、裾からはみ出した肥った足には滑稽なことに、あの騒動の間中不思議にも離れなかった足駄を穿いているのである。火はどんどん焚かれ、見物は追っ払われたが、顫えはとまらなかった。俥の幌に囲まれてほっとし、髪の毛からつるりと襟にたれる水がはじめて寒かった。

玄関の外に待っていた父に、じっと見つめられ泣きたくなって、「御心配をかけました」と立ったまま云うと、はははと上機嫌で笑って、「水を飲んだろう。」「いいえ。」私はうそをついたのである。「馬鹿を云え、そんな筈あるもんか。指を突っ込んで吐いちまえ。」やむを得ない、そこへしゃがんだ。父は脊中から抱いて、みぞ落をこづき上げた。一時間ほど後れて帰って来た弟は、「ねえさん流れたんだってね、すげえ評判だぜ。オフェリヤだオフェリヤだ」とはやした。父は、「デッキか蒸気の底へへばりついたら今頃は面倒なことだったが、ポオ先生のおかげで助かったのさ」と云っていた。

この事件後は溝に浮いて流れる菜っぱを見ても、ふっといやな気が起るほど水に恐怖をもったが、反対に父の水辺雑話を聴きたいと願う心は、明らかな水脈を引いて深くなっていた。春の夜潮のふくらみ、秋のあらしに近い淵の淀みなどは、ただ一風景に過ぎないが、私は水の気を肌に感じて動かされた。河獺の美人や岩魚の坊主のような、ありふれた話もおもしろかった。まして枯れ葦を氷の閉じる星月夜の殺しなどは、すさまじかった。父逝いて百五十日、そういう話はみんな、ぽかっと私から抜けてしまった。きっと親爺と一緒に消えたんだろう。わずかに下村さんによって遺ったのは「幻談」であるが、私の忘れた話も幻にして現である。

このよがくもん

「おまえは赤貧洗うがごときうちへ嫁にやるつもりだ。」私の将来について楽しげに父の語ったことばが、これである。

父はえらい人かも知れないけれど、私はなみ一ト通りの娘だったから、こういう予告を聞かされてはおよそがっかりした。が、とやかく云ってるひまはない。「茶の湯活け花の稽古にゃやらない代り、薪割り・米とぎ、何でもおれが教えてやる」というわけで、十四の夏休みから始めて十七八まで、学校の余暇には父に追っかけられて育った。父の教えかたは実に惜みない親切なものであったが、性来の癇癪もちだったから、私がまごまごしていると、すぐにじれったがる。私は大概のときに叱られてばかりいた。箒の持ちようから雑巾のしぼりよう、魚のおろし方まで、みんな教えてくれた。

が、例外がある。師を請(しょう)じてくれたのである。習わせられたのは論語の素読(そどく)である。先生は横尾安五郎といって、もとは下総(しもうさ)の牧士(まきし)、将軍家の御料牧場をあずかる職ということである。いやしくない風丰の老人で、父とはたしか理髪屋か何かで知りあいになってみると、住いは極近処だし、第一将棋がさせる。父に云わせると、この人の学問は恐ろしく古臭いが、筋はまちがってはいない。それに人間がやわ普請でないのだそうだ。息子が飲む打つが好きとかで、生活は貧困を極めていたが、おじいさんは衣服もちもの一切を自分で整理し、乱れた息子の家風のなかに一緒に暮して、しかも孤高を保っている様子であった。息子が又あまり類のない職方で、大工の使う墨壺をつくるのが商売であるところから、人は墨壺屋のじいさんと呼んで、姓をいう者はなかった。

この人が夕食後、将棋をさしに来るときはいいけれど、朝食前、素読の師として迎えるときには、私と弟は行儀を正して先生と呼ぶことを父に厳命されていた。本は白文で、浅倉屋から古本を買って来た。先生は父の廻転椅子にかけ、私たちはこっち側のちび椅子に並ぶ。象牙の鉛筆様のもので一々指しながら読んでくれる。早朝の書斎は書物の山、書物の谷のあいだに濃い影が沈んで、塵一ツ動かない。一人の老人、二人の若ものの声はときに一ツに澄み、ときに三ツに乱れて続く。

素読だけなら何事もない、ただ楽しかったという想い出だけでしかないが、先生はあるとき父と妙な相談をしてしまい、それは実に愉快なものを永久に残してくれたのである。子供たちに浅草教育をしようというのである。横尾先生、日曜ともなれば十時頃から誘いに現われる。十徳を著込み頭巾をいただき、左手に信玄袋、右手に青貝ずりの三尺ほどな杖をつき、その杖には御丁寧にも色褪せたる紅絹（もみ）が目標（めじるし）にと、ふわふわ結びつけてある。この杖を振りあげたら、そこが学問のしどころだと思えという。きょうだいは恐れをなしたが、はじまる相手じゃない。

その頃うちは向嶋に住んでいたから、浅草へ出るのは竹屋の渡しによるか、一銭蒸気に乗るか、人力（じんりき）か歩くかということになる。蒸気に乗る。墨壺屋のじいさんと一緒にいるのは、正直のところ余りどっとしないから、私達は離れて席を取る。じいさん、きょろきょろしているうちに、やがていやな風体の女ががやがや騒いでいるそばへ席を取って、例の青貝ずりをはでに振りまわしている。やむを得ない。が、二人とも何が学問のしどころなのかわからない。吾妻橋に著くとじいさんは、わかったかと聞く。「あいらあ地獄でさ、おもしろいことを話してたのに惜しいことしましたなあ」と笑った。きょうだいは、はじめて学問のしどころを悟った。

神谷バー、電気ブラン、きんつば、雷おこし。おこしの原料は知ってるか、はじけ豆屋のねえさんの給料はいくらだ、玉乗り曲芸の一寸法師の年齢はいくつだ。伊勢勘のおもちゃ、「このすが凧をよっく御覧なさい、どんなに小さかろうとも骨は巻き骨、ああいい細工だねえ」と詠歎し、私たちはただぽうっとした。鮨屋横町で昼をすませる。鮨をたべるのまで学問だ。ああやっちゃいけない、こうやっちゃ悪い、うまいとも恥かしいとも云っていられない。金車亭へ行く。混んでいる。その中をじいさんは、「御免よ御免よ」とことわりながら、人のあたっている火鉢なんか跨いで行く。あとに続く私達はじろじろ見られるし、ほんとにやっとの思いで席に著いた。すわると、とたんに高座にいた人が、「御当今教育が発達して、葡萄茶袴に金ボタン、御規則通りの教育ばかりじゃ人間というものはできない。そこで種のちがうお嬢さん坊ちゃんが寄席へ来る。こりゃ併しよっぽど話のわかった親御さんだ」と云った。じいさんは、あたりかまわず大いに笑ってる。私は、くそったれ奴とおこった。

それから、安来節と看板の出ているところへ行った。いなせのような田舎くさいような扮装の男が恥かしいほど、「いらっしゃい、へいいらっしゃい」と云った。場内は暗く舞台だけ明るく、ここも人が一杯だった。きょうだいは引率者の姿を見失った。困っていると、かぶりつきの処に例の杖がにょっきり出て、赤いきれがひらめいている。二人はうしろの手すりにもたれて、うんざりした。ついて来ないとさとるとじいさんは、「坊ちゃんどうしたあ」とわめき出した。観念の眼をあけて舞台を見る私達をしたがえて、じいさんは専ら満足の様子で、だんだんと興が乗って来るらしく自分も一緒になって、「あらえっさっさ」と囃す、「美人連美人連」と手をたたく。舞台では赤い腰巻のあねさん冠りの美人連が踊っている。そのうち、一人が列を離れて舞台ばなに来た。見物は凄く陽気に騒ぐ。あっという間に赤い縮緬は舞いあがり舞いさがり、白い丘陵のまぼろしは眼に胸に消え残ったまま幕は降り、怒濤のような拍手に場内は明るくなった。私と弟と二人だけがへこたれきっていた。恐ろしい学問であった。疲れて帰って、父に報告した。「おまえ、講釈は何を聞いて来た。」松平又七郎小牧山の初陣というのだったと、うろ覚えをむちゃくちゃにやる。「おもしろかったか。」「おもしろかった。」「やって見ろ。」おもしろかったと云いながら、私は何も覚えていなかった。驚いたことには、困っている私を尻目にかけて父が、ずいずいのんのんと講釈師の通りにやりだした。じいさんは「今度は色物へお連れします」と云うし、父も「あれも一ト畠おもしろ味があるものだから行って来い」とすましている。安来節の話をすると、「銭太鼓を見たか」と来る。「あした糀町の叔母のところへ行って、銭太鼓はいかなる階級に属する楽器か聞いて来い、そこが勉強だ」という。じいさんの帰ったあとで、私は恐る恐る、以後えっさっさは御免蒙りたいと申し出た。そして是非にも御免蒙りたいために、じいさんがかぶりつきで美人連と云って喜ぶ様子を誇張して訴えたが、父は、「ああしゃれ者だ」と云って笑った。

約三十年も昔の話である。論語はいつの間にか忘れて、空にかえってしまった。銭太鼓も美人連も二度と私につながらなかった。しかし横尾安五郎先生、墨壺屋のじいさんの教えは、いまだに時々私によみがえって、この世学問のありどころを想いおこさせている。

ふじ

桜が散り木蓮が崩れ乙女椿が落ちて、朝ごとに濃淡の緑があたりをふさいだ。遠足の予定が発表されていた。ははそのために著物を新調してくれると云う。遠足はたかだか銘仙程度の軽い外出著でいいわけなのだが、大川向うのいなか村に住む私には垢づかない不断著の予備がなかったし、生活がきりつめたものでもあり、また衣類に体裁をおもんじる性質の家風でもなかった。

その著物の見本は特選と書いた銀の短冊を胸にぶらさげて、飾り窓の人形に著せてあった。紺地にうす紫の藤の花ぶさが長くしだれ、みどりの葉と鴇色の桜がうまく塩梅されている、はでな柄だった。どちらかと云えば古風なおとなし向きの柄なのだが、色彩に写生風な陰翳が施され、ハイカラに生きいきとさせてあった。広幅織物のメリンスがどんどん斬新な工夫をこころみて、銘仙の領域へ食いこもうとしている時代だった。ははは特選が好きだし、絶対自信をもって買った。目だつはでさは気羞かしく、はずかしさは、けれどそれほど嬉しいことだった。

「きっとこれ西洋の先生に好かれる柄よ、異人好みだもの」と云った。それからも一ツ云った。「西洋の人に好かれなければ損なのよ、ミッションではそれで随分ちがっちゃうんだから。」

変なふうに聞えた。地獄耳ということばがある。聞かずともいいこと、聞かせたくない人の秘事を迅速にさっと聞いてしまい、そして潜在的におぼえているのをいう。大喜びで買物に来て気に入ったものを買ってもらって、大満悦でいる最中に、私という子にはなんだって地獄耳がとんがっていたんだろう。でも、ほじり出して聞いたのではない、地獄が勝手に対う（むこう）からこっちの耳へはいって来ちゃったのだ。なぜ、ははも不用意にこんなことを云っちまったのだろう。得意で心が軽くなっているときに唇が不用意になっているとは、人間というものは悲しいものである。ほんとに、ひょいと云ってひょいと聞いたんだから。

郊外はその広さもなにも見わけがたく、ただいっぱいに光りに光っていた。ほそい草の葉、ひろい木の葉、眼を移すたびにものの際（きわ）は暗いのか明るいのかわからなく燦々（さんさん）とし、はるかかなたも足もとも、かげろうは妖しくゆらめき連なっている。園は境界を設けず広く、野を取入れていた。幾株もある躑躅（つつじ）が強烈な紅さで、おまんじゅうを段々に重ねた形に咲いていている。花がたを一ツ一ツ見ればかわいいすがたにできているのに、遠眼に見ると躑躅は損な花である。ことに鋏を入れて円くかたちづくったのは、いやに逞ましげに、しかも含羞の風情なく見える。快晴の陽に紅は弾みあがって咲いていたし、少女たちも屈託なく弾んでいた。誰もみんな上気し、「暑いわね、あたし変になっちゃいそうよ」と云いながら、ほんとに変に乱暴な動作をして興じあった。

私はいちはやく広野のかがやきに酔わされ、もはや一ト騒ぎ騒ぎつかれて、草の厚い傾斜地へ臥そべっていた。笑う声々がこちらへ波のように追って来た。若い西洋の先生が追いかけられて逃げて来る。この先生は私たちの組に授業をもっていなかったが、人気のある人だった。いちばん若く、日本に来て日も浅く、日本馴れない外国風な単純さが生徒たちに快く通うところがあった。不自由でへたなことばは、かえって親愛感をもって迎えられていた。嬌声がどっと砕けて先生がつかまえられた。喘ぎ喘ぎ笑い笑い、みんなは緩い傾斜をあがって来、先生はスカートをひっぱって私の隣へ腰をおろした。一時に誰もがそのまわりに脚を投げだした。

先生は半袖のブラウスを著て、ふとった両手をうしろへ突いて身を反らせていた。私のすぐそばにいたのだけれど、ちょっといざって、もっとそばへ寄った。二の腕がまるく白く、そしてほの紅かった。かすかな香料がただようようだった。私の袂をかざして眺め、袂のなかからは襦袢の袖がこぼれ出した。

「きもの、きれい。ほんとにきれい。」そう褒めた。忘れていた。外人好みということばを。かあさんの云った通りだ、異人好みだ。褒められたのだ。云った通りだった。くすぐられるようなおかしさ、私の得意さ。
「ほんとに綺麗だわ。私羨ましいくらい好きだわ。択んだのだあれ、ね、誰よ。」かわりがわり前うしろから友だちに騒がれていて、不意にはっきりした。好かれなければ損なのよ、――損だなんて！　下劣だ、作略だ。くやしいかなしさが迫りあげて来ると、人に悟られまいとし、あわてて饒舌に見えを張った。「これ、＊屋の人形が著ていたのよ。」

　ははミッション学校の表裏を知悉している自信があった。自信は事を十分に尽しただけでは満足できなかった。十二分に行きとどかせたかったのだ。十二分ということは自分の力に酔うことであり、酔って控えめを失えばすなわち傲慢だった。ははの好意は十二分であり、そのゆえに逆に私にいやな気もちをもたらせてしまった。昂奮して遊び騒いだことと、知らない土地へ来ていることとが急にたよりなく、感傷を刺した。

　白い先生の腕がすうっと伸びて、私の髪を撫でたり指に絡めたりした。突然で思いがけなかったし、いつもひけめのもとになっている猫っ毛をまさぐられて羞かしかった。よりによって髪などにさわらずともいいのに、なんと迷惑な。

「あんたの毛、カールね。」私の髪の軽さは後れ毛に自然のカールを捲かせ、長い毛を緩いウェーヴにしていた。「ソフトタッチね。アメリカの子供、みんなソフトタッチでゴザイマス。」

　先生はまだ髪をもてあそんでいた。変なゴザイマスは聞きなれて、このごろではおかしくもなくなっていたけれど、さっきから浮かなくなってきた心の底へそれを聞くと、外国の人のしみじみした響が伝わった。同情が甘く来、理解が早く生じ、それは私を聡くした。きっと先生は不断からみんなの黒い硬い髪に旅愁を感じているのだ。日本に来ているなと思っているのだ。そして今、私の柔かい髪はきっとこの人の郷愁を誘っているのだ。故国のアメリカをおもっているのではないだろうか。ここは大洋を隔てて遠い、父母のいない異国だ。教育と伝道と義務、年限が来るまでは帰れないのだ。——自然に奔って行く自分一人の感情に自分で負けて、袖の藤の花の輪郭がぼやっと見えた。

それからがよくわからない。いまだにどうしたことなのかよくわからない。いきなり先生のからだが倒れこけて来たと思うひまもなく、私は下敷になってそこへ仰向けにつぶされてしまった。鼻のさきに金髪が、くわあんと光っていた。みんながきゃあきゃあと笑って、先生をさきへ扶け起し、ぺったりした重さが私の上からまくれるように剝がれた。私もつづいて起き直ったが、鼻腔から眼玉へ青臭さがつうんと突き通った。鼻血が出るなとおもい、眼をつぶると瞼がぴくぴくして、血の色が紅く透きとおった。しかし、待っても鼻血なんかは出なかった。それだけのことだった。先生は私へ向けてなにか早口でぺらぺらと云うけれど、勿論わかりはしなかったし、みんなもそこに一緒にいながら、だれにもはっきりとはしていないようだった。あっと云う間に先生と私とがころがってしまったのだという。何かのはずみに先生がひょろっとして私へ倒れかかり、私もぼんやりしていた時だったので、ささえるどころか一トたまりもなくひっくり返されたものらしい。よくある遠足の一興として終り、おそらく気にとめたものは一人もあるまい。ただ私だけがその些細な出来事から、その日の陽のひかりよりきらめかしい記念を得たのである。人のからだの接触の感覚に、はじめてぱっと火を点ぜられた記念なのである。

先生の重さはぶわぶわとしつつ、かつしこんとした固さで、かなりいつまでも新鮮にのこされていた。頭がその記憶を聯想させられると、とたんに胸が、おなかが、股（もも）が、どことなく、ぶるるんと時計のぜんまいのように顫動（せんどう）し、鼻粘膜がそのときの通りに青臭く匂う。それは人に羞かしい感覚であった。

*

午後からの授業を知らせるベルが鳴っていた。人通りのすくない邸町（やしきまち）の一角にコンクリートの塀で境（さかい）され、緑の樹々にかこまれた校庭には一種の安全感があって、生徒たちは昼休みをのびのびと遊んでいる。ことに一年生がはしゃぎまわっている。運動にはずんだ手足、談笑に弾んだ気もち、やがて授業の始まることは知っていても誰もそれに備えて遊びの楽しさを制限しておこうなどとは思わず、そこへ持って来て五月の明るさ、爽やかさが唆（そそ）っていた。そんな弾んだ気もちをどうしてベル一ツが急に、ものを習うしっとりとしたおちつきに転換させることができるだろう。一時間をほしいままにする運動とおしゃべりの発散状態から、いきなり傾聴と沈黙の吸収状態に変らせようとしたって、そう手際よくは行く筈がない。一日何度かのベルのうち、昼休みあとのベルはあまり効果的には響かないようだ。始業のベルには精彩がある。あぶなく遅刻から免れて聞くときは真剣でさえある。放課のベルには終了の喜びがある。ともに鮮やかな線を生徒たちの心身にくぎって鳴るのであるが、昼休み後のにはどうも幾分の無理がある。惰性に押されたおしゃべりと笑いあいは、ベルの引く線をはみ出して教室のなかへ持ち越され、先生の現われるまで続けられた。

教室は天井が高く、壁は白く、たくさんある窓は皆明け放されていたが、外のようにすがすがしくは行かなかった。席に著くと、よけいにその滞った生暖かさが感じられた。まだ立ったままふざけているものもあり、鉛筆箱や書物を取りだす音もしてい、じわじわする汗ばみようを鎮めたいために、私は袴の裾をそっと引きあげていた。英習字の背の低い先生がはいって来たので、用具を出そうとし、ノートや教科書のかさなりを机の下からひきだすと、その一番上に薄紫の四角い西洋封筒が、いぶかしく載っていた。幸田文子様、——仮名で「みもとへ」と添えてある。裏には「淋しき友より」として名はない。髪の毛のような細いペン書き、お習字の手本そっくりの字。誰だろう。なんだろう!

手紙を貰うということが、もう珍しい事件である。父は旅行さきから絵端書をくれたことがあるし、小学校の先生は夏休みに返事をくれた。私の手紙の経験はこんなこと位である。早く読みたいけれど時間中だ。楽しくもあるし不安もあるし、やっと一時間をこらえて、さてどこから明ける状袋なのか。袋いっぱいになかみが詰っているらしく、きっちりと堅い。切りだしの切尖（きつさき）をわずかの隙（すき）に細く立てて、机の地板の木目を横に、ががと手応えが伝わるほど力を入れて引き、裁ち落しがくるくるとよじれて離れると、鴇（とき）色の口が明いた。二重封筒なのである。なかみは袋と同じ紙の一枚漉（す）き、四ッ折、あっけにとられるような美しい手紙であった。縞といおうか整列といおうか、一定不変の細さと大きさをもつ文字が、正しい行間を置いて鮮明である。みごとである。見るや感心し、たちまち閉口した。読めないのである。まるで読めないわけでもなく、すこしは読める。それほど変体仮名が多くて、ぬるぬるしている。せっかちに大ざっぱに摑みたかった。

読めない字にはおよその見当を当てて飛ばして行くと、その文章が又どうにも妙なもので虎斑（とらぶち）になってる感じがした。智慧の環に似て何のことかわからないところと、日常語と同じ平易なところとがある。わかるところには私に意外なことが書いてあった。「あなたのお淋しそうなお姿を」とある。「いつも寄宿舎の前の銀杏に一人で寄りかかっていらっしゃるのを」とある。「ゲッセマネの絵をいつまでも振仰いで見ていらした」とあり、それが一々さびしいことの証拠のようにされていた。銀杏へよりかかるのは私にかぎらない。この木は地の利を占めている。運動場も芝生も校舎もここからは都合よく見わたせるし、四方へ散らばった友だちも勝手に眺められる。自分が騒いで遊ぶのばかりが楽しいわけではなく、この木に靠って見ているのは私にとって結構楽しいのである。ゲッセマネの写真版を仰いでいたって、それはさびしくて眺めていたのではない。この絵は月夜のはずだが、光は月光なのか、それとも神様の明るさなのかと、しばらく考えていただけである。当時私は神様も仏さまも光るものだと信じていた。異体に光はつきものだというように思っていた。亀の化けた若衆の著物は夜眼にも亀甲模様がぼうっとわかるというし、獺の美人は燐のように光る顔だというから、こんな動物でさえ光るものを、いわば最高の神秘、本筋の不思議ともいうべき神仏に光の添わっているのはあたりまえだとおもっていた。ゲッセマネの絵はキリスト自身が光っているのだろうか、父なる神の光が天から降っているのだろうか、またはただ月光が射しているのだろうか、それが私の観賞をすこし長びかせていた理由である。「私も友のない淋しい子ですから人の淋しいのはよくわかるのです」と云って、私が自分と同じ淋しいものにきめている。見当はずれの観察である。つかえたり飛ばしたりして読んで行くうちに、「聖い愛に結ばれ」がやたらと出て来るのは奇妙だったが、とうとうおしまいまで来て、そこに「二学年」と肩書をつけて名が書いてあった——滝沢よし子。知らない名であった。要は友だちになろうということだけらしかった。見たときにははでにものものしく、読んでしまうとぽかっとさせられた。

帰りは、むろん正枝さんと一緒にいた。同方向の電車へ乗るものはあっても、須田町か浅草橋あたりからそれぞれ別れてしまう。はやく話したくて、それを待っていた。

「二年の滝沢さんてどんな人。」

「滝沢さん？　さあ、あたし知らないけど。どうかしたの。」どうかしたのと訊いてるくせに、まるで返辞を塞ぐようなまじまじとした見つめかたなので、ちょっと間を置いていると、「ああ、あの人よ、きっとあの人だわ。滝沢さんてなんだか聞いた名だとおもった。そう、あの秀才たしか滝沢っていうんだわ。」

　秀才と聞いてびっくりした。そういえば綺麗な字である。

「蒼白く痩せてる人。よく見ればきれいなんだけど、いるかいないかわからない人よ。寄宿よ。――だけどどうしたの、滝沢さんがどうかしたの。」

「手紙くれたんだけど。」

「ああら、あの人が？」正枝さんは変な顔をしていたが、口もとからだんだん笑って行き、それをこらえる様子で、「それで？　なんだったの。」

「友だちになろうって書いてあるんだけど。字がむずかしくってみんな読めなかったの。」

　くくくと正枝さんがとうとう笑いだした。いくら説明されても私の記憶のどこにも滝沢さんの印象はなく、その姿を想像することは不可能だった。

　吾妻橋まで来て、ゆったり流れる隅田川の水を見ると、もううちはすぐそこだと落ちつく。蒸汽船の最後尾の席に並んでかけてから、正枝さんは忍びやかな小声でその手紙を読みはじめ、私はひとごとのような恰好でその肩から覗く。すこし聞いて怪訝（けげん）だった。さっき自分が読んだときとはなんだか違って、正枝さんの声を透すと、手紙はこそばゆくむずむずと伝わった。聞くのがいやだと思った。思ったら、恥かしかった。眼をそらし、顔を引き、からだまでを遠のけて、きたない、きたない、きたないと気が煎れた。

しゃしゃ、しゃしゃしゃと船尾の水を掻く音、そこから扇なりにひろがって行く水脈。一人乗のカヌーが水脈のあおりを避けようとして、片方のオールだけをつかって位置を変えている。摺れちがって下る荷足、横切る渡船。今戸河岸には倉庫としもた家が建ちならんでいる。ぽかっと口を明けている倉庫の下には、船がもやって、船頭だか人足だかが働いている。しもた家は河へ向けて、塀のない小庭をもっている。河は自然の要害だからである。四ッ目に小でまりが水へ撓っている家もある。えにしだがまっ黄色に咲きさかっている処もある。かと思うと、一トかたまり躑躅の花の紅が何やらの緑をかっと刳りぬいている。向嶋がわはずうっと葉桜の土手、護岸の頽れに子どもがかたまって何かしている。舷にたえず湧きかえる白い水沫は、一瞬をもとどめず後ろへ後ろへと棄てられて行く。船の足掻はかなり速く、河心よりやや土手寄りをさかのぼって行く。両岸は遠く、生活の雑音も河のなかへは消えている。低い水面から見る陸の上のたたずまいは、絵物語めかした趣をもって、間のろく運ばれて行く。私はざわざわと、どこかへ突っかかりたい不機嫌をこらえて黙っている。

「ねえ。」正枝さんは読んでしまった手紙を、まだあちこち見かえしながら、顔もあげずに云いかける。「ねえ、字はたしかに綺麗だわ。でも、あなたどう思う。そんなこと云っちゃ悪いけれど正直に云うと、――」

「嫌い！　嫌い！　いやなの、きたないみたいで。」

「あら、きたなかないわ。かわいそうだわ、きたないなんて。でも、もたもたしてるのよ。もっと云えばへたなんだわ。へたなラヴレターなんだわ。フレッシュでないんだもの。」

悠長な正枝さんの云いぶりまでがむしゃむしゃする。ラヴレターなんていやだった。とは云え、わあっとはしゃぎたくもあるようだった。

　正枝さんは手紙を封筒に納めると、匂いを嗅ぐようにちょっと鼻へ持って行ってから、

「ありがと」と返し、私はつんと手を出さなかった。

　正枝さんは書翰箋（しょかんせん）について色んなことを話してくれた。この組みあわせは学校の前の文房具屋にあるなかでは一番いいものなのだが、惜しいことに裏うち紙がピンクなのでやぼ臭い。もしこれに白か薄い水色がついていれば上品であり、あるいは逆に濃い紫がつけばハイカラなこと、伊東屋よりも丸善のほうに高級なものが多く、ことにクリスマス近くにはいいものが来ていること、和紙の絵半切（えはんきれ）は榛原（はいばら）・鳩居堂（きゅうきょどう）、唐箋（とうせん）は晩翠軒。そういう贅沢がこういうたちの手紙には費やされていることを、私ははじめて知って驚いた。私に読んでわからなかった個所の文は、正枝さんにも解釈ができないという。「あなたもあたしも秀才でない証拠なのよ。」

船が速度を落して土手へ近寄ると、そこが言問（こととい）である。起とうとすると、ちょっと押えられた。正枝さんは手ばしこく手紙を私の風呂敷包みの結び目へ押しこんで、自分もいっしょに起った。別れて土手を行きながら、私は正枝さんのした通りに封筒をそっと鼻へ近づけてみた。何の匂いもなかった。あんなふうに触るのもいやなように、聞くのもきたならしいように、おっぽり出したいほど嫌った手紙だのに、そんなことは一切棚へあげて忘れはて、その日それからの時間は全部その手紙に左右されきった。妙な手紙。妙な文句。「生涯かけてあなたを愛しつづけることを、主イエスの御名（み）によって。」――ここのところは正枝さんに読まれたとき、ことにぞわぞわっといやだったじゃないか。だのに、なぜだろう。誘（いざな）われるのだ。読んでは乱され、また読んでは乱され、乱されることははにも隠してたいそぞろな快さであった。

*

返事は遂に書かないままに終って、たえず心にかかるものが残っていた。私には美しい封筒がなかった。入学と同時に月額一円五十銭の小遣が与えられていたから、買おうとおもえば買える。けれども、学校前の文房具屋でそれが七十銭もすることを知っては、ばからしいように思った。文章が書けなくて困ったのでもなく、はじめから一字も書く気がなかったのである。返事をする事がらがないのだ。というより、文字ではっきり示された愛情というものに心がくるめいたくせに、何となくそれへなずみたくなかった。正枝さんの云うように滝沢さんの表現がへただったのかもしれないし、私がまた敏感で、この愛情というものを、へたな表現と同等にさげすんだのかもしれない。生意気であり、はじめて受けた求愛に臆病でもあり、その両方から生じる羞恥でもあった。

手紙は書きたくなかったが、滝沢さんという人は知りたかった。いや、見たかった。それとなく寄宿生に訊いてみると言下に、すばらしく頭のいい人だと云って、からだが弱いために過敏で、筆箱のなかにはいつも検温器を入れて持ち歩いている始末なのに、気の毒なことに学費の仕送りが薄いので幾分かは働いて補わなくてはならず、したがって過労になりがちなのだと、傷ましいことを話した。顔だちが知りたかった。

「蒼くて骨張ってて、ちっともよかないわ。それに髭が生えてるの。」――私はあらあらしく噴きだした。「あら、ほんとなのよ。有名だわ。どうかすると、鼻の下が随分黒く見えることあるの。おまけに陰気で無愛想で、えばってるみたいに無口なの。ちっともよくない器量なんだけれど、それが変なのよ。熱が出ると頬っぺたがぼうっと紅くなって、見ちがえるようになるの。そりゃわかるわね。わからないのは眼なの。とても大きな眼になるの。黒眼が大きくなるんじゃないかってみんなが云うけど、まさか熱が出たってそんなわけはないわねえ？ 眼じゅう黒眼がいっぱいになっちゃったと思うくらい綺麗な眼になって、なんとも云えないの。そうしてね、こう髪をほどいてばらばらに下げちゃってお祈りするの。細川ガラシャみたいだっていうのよ。」

世のなかに具足というものはまず無いのだから、こんな可憐な人に髭が生えていたってしかたがないが、どうしてこうも意地の悪い滑稽がここへつけ加えられたのだろう。しかし、なんだか知らないけれど、そうら見ろといいたい傲(おご)った気もちが掠めて、私は非常におもしろかった。

週に一度、正枝さんのほうが一時間だけ授業の多い日があった。待っていなければならなかった。テニスをするものが何人か残ってネットを張っているのを見ながら、芝生の隅の藤棚へ行った。そこが約束の場処なのである。人気(ひとけ)のない校庭を私は好かなかった。ブランコも遊動円木もだらんとして、樹木ばかりが急にのさばって見える。四十分を待つのはいやだったが、正枝さんに「待っててね」と云われるとしようがなかった。いま包んで来たばかりの風呂敷を又ほどいて、已むを得ず復習なんかするときには、早く時がたてばいい、時計がほしいと思った。きょうこそうちへ帰ったら時計をねだろうと、何度その藤棚の下で決心したか。藤棚は大きくはなかった。六角形に棚を組んで、下には支柱から支柱へ厚板を渡した簡単な腰かけがとりつけてあった。

誰かがこちらへ向けてやって来たなということを、小砂利を踏む足音で聞き、てっきり棚へはいって来るものとばかり思っていると、それが入口でふっと消えた。濃紺の袴の裾ときちっと揃った足袋とが眼の隅に映った。勘が、滝沢さん——と指した。見あげるとあきらかに待受けた一双の黒い眼が、私に凝っていた。ぞくっとし、それなり絡みあって、いきなりな眼の戦闘ともいうべきものがもう始まってしまった。敵意ともおもう激しいものが、対うの眼から私の眼へ、決定的に刺さっていた。たじたじと押され、圧迫に曝されながら、決して負けられない強情が、咄嗟のこの場合に私を強くした。じっとこちらからも見つめかえして、嫌悪を隠さなかった。ひどく蒼い顔だ、と気のついたときに、無言の見つめあいの均衡というか緊張というかが破れた。滝沢さんの顔からは見る見る血の気が退いて行った。ひくひくと唇がひきつれ、黒眼が盛りあがるようになったと思ったら、同時にぱさっと瞼が伏せられた。倒れるかもしれないなと思った。どこか苦しいのか、それとも泣いたのだったか、それでも倒れもせず、それっきりうなだれたまま、すうっと寄宿舎への道を行ってしまった。袴が短くて、足袋とのあいだに瘦せた臑が交互に動いた。いつ起ちあがったのか覚えもなく、ねじれねじれの藤の幹を押えて私は見送っていた。すべて異様であった。悔恨と懐かしさがほかの複雑な感情を押しのけて、胸いっぱいにひろがっていた。あの血の気の退いた唇と盛りあがるようになった黒い眼とが、いま弱々と、そこいらじゅうに美しく貼りついて消えない。何かをどうかしたくて、何をどうすることもできないようだった。泣きたいのか、そうじゃない。泣くまいとするのか、そうじゃない。

　並ならば楽しい交際がひらけて私の娘時代に賑やかさを加えたろうに、この人とは遂に話しあうことなしに終っている。さきが私より一年早く卒業していなくなってしまうまでの四年間を、たがいに意識しあいながら、そうして折はありながらに、とうとうことばを交すことなしに別れてしまった。まったくの無言というのでもないけれど、こちらが口を利いたときにはあちらが黙っていたし、対うがものを云いかけたときには私のほうで返辞ができなかった。面と対うと一種の圧迫というか戦慄というか、ぶるっとするものを受け、とたんに素直にはなれなくなる。そのくせ機会が過ぎ去って、眼の前にその人がいなくなると同時に、見送りもしたいなごり惜しさにわやわやとする。自分で自分を自由にできないもどかしさを知らせられたのは、やはり恋うことのはじめと云えるだろうか。滝沢さんも私も十四五の育ちざかりだったのだから、別れるまでの四年間には、どちらにしてもだんだんもの馴れて柔かい余裕をもつようにもなったのに、はじめにまずくこじれたことはしようも無い。私も強情っぱりではあるけれど、対手も相当な強情っぱりだ。ちょうど二人の強情さ加減は勝負なしのつりあいがとれていたというのだろう。

正枝さんにはなんにも訊かれなかった。またよしんば訊かれたって話せなかったかもしれない。滝沢さんに蒼くなって行ってしまわれたことは、なんだか気の咎める跡味のわるさだったから、それを話さなければならないとなるとひるむ。それよりも何よりもいちばん正枝さんに話したくなかった原因は、万事あの眼、あのまっくろな大きい眼にあった。あんなふうにして滝沢さんが藤棚へやって来たのも、偶然来かかったのではあるまい。私がいることを知っていて、ちゃんと来るつもりで来たのだろうし、こちらが顔をあげたときはすでに怒りを含んで睨みすえていたのだ。そんな友だちになりかたなんてあるものか。おそらく手紙をくれてからそれまでの間に、心の逆転することが一方的に生じていたのだろう。それでなければ、なぜああも恐ろしく睨めつけられたんだろう。返事を出さなかったことは、そんなにおこられることなんだろうか。でも、そんなことはどうでもいい。万事はあの眼なのだ。瞼のぱさっと下りたときのあの哀しさをなんと云おうか。深い掘井に、あ——と声をおとされたように、応えて嫋々（じょうじょう）たるものがのこされていた。それは正枝さんに対してどことなく憚（はばか）りあるもののごとく思われ、触れられることを避けたかった。もし強いてなにか訊かれれば、きっと嘘をもついただろう。しばらくにもせよ、正枝さんの訊問にあうかと心を労したのはばからしいことだった。そんな人がらではないのだ。ちいさいときから親兄弟にかわいがられて鷹揚に育ち、いまはその上に美貌が加わっている。同性からも異性からも愛情は次々に寄せられてい、それを又あたりまえとしてうけとっている。人のことなどにかまう暇はなく、美しい人特有の矜持もある。そこへ学校のふうが浸みている。相談でもされたのではないかぎり、人の心事にまで穿鑿（せんさく）の眼を向けないのが、レディーの礼儀であるという不文の躾が、全生徒に行われていた。齢も私よりは多いけれど、正枝さんは私には測り知れぬほど、なんでもよく弁（わきま）えている大人であった。なにか訊かれやしないかなどと案じたのは、それを知らなかったからだった。

正枝さんとはあっという間に親しい友だちになっていた。羞しさとか赤面とかいう、多少Sという色めかしたものにもなりかねない障害は、正枝さんが思いやり深く、ぽいと摘(つま)んで棄ててくれた。滝沢さんは暇のかかる手紙をくれた。手紙はあるとき片だよりになってしまうということを、この人は周到に知っていたろうか。自分一人の怒りさえ上手には始末ができなかった人だ。愛情にはきっと愛情がこたえるものと、見こんだわがままさがありはしなかったか。もしかりに正枝さんから、その云う通りにフレッシュな上手なラヴレターを貰ったとしたら、どうなっただろう。たぶん私は幼い一本気にうつつを抜かして、でくの坊になり終ったかもしれない。又もしかりに、滝沢さんが正枝さん位に大人で、滝沢流にフレッシュな手紙をくれたとしたら、そしてそれに私が魅了されたとしても、はたしてそれでSといわれるほどの友だちになれただろうか。正枝さんは雨の日にでも風の日にでもいつでも美人だが、一方はふだんは見立(みだて)なくて、ときに異常にきらめく顔である。いわば出来不出来のある顔だ。片方は暗くなり得ない豊饒な環境に円満でいるし、片方は明るくなり得ない苦渋な状態に片削(かたそ)げている。正枝さんの甘美には牽(ひ)かれて結び、滝沢さんの孤愁には衝(う)たれはしたけれど結ばらず、どちらもいまだにこうして私にのこっているおもかげである。こんな感情は少女期の記念として誰にも大概はあることだろう。やがて異性の対象があらわれて来れば、特殊なものを除いては自然に消えて行くのがこの種の、まあ普通の道程である。人生に怖れをもたない若い当人たちが、きょうは楽しくきょうは愁(うれ)わしく、来る日来る日の感情のままに迂闊(うかつ)であるのはしようも無いことであり、女の子同士の埒もない恋心などじきに消えてあとかたもないと、麁略に見すごす母親も、まあ普通である。が、霧は谷を更えてふたたび結ばないものだろうか。霞は夜ごとに新しく籠めないものだろうか。愛情の霞はほんとうにあとかたなく消失するものかしら。違う。すくなくとも私は違った。この二人の同性への愛情のありかたは、淡く消えたように見えて、実は将来異性への――結婚の対手にも結婚以外の愛情にも――つながりのうちに、同じ傾向・性癖が見られたのである。母親は娘のSの話を面倒がらず、てれくさがらず、よく聴いてやるべきである。かならず将来にむだではないのだ。

春の翳（かげ）

皮を剝いた筍（たけのこ）のような議事堂が、よく晴れた空に丈高く見えていた。タクシーでそこを通ったのだが、もう春の修学旅行シーズンなので、中学生らしい男の子たちが黒々とかたまって記念写真をとろうとしていた。そのさきには女学生の一団が、これも記念撮影で並んで騒いでいる。どんなにか楽しいのだろうと、頸（くび）をねじて学生たちを見やるのだが、車はすぐ住宅街へ曲って、一軒の路地にまっ黄色なものが丸く盛りあがっていた。連翹（れんぎょう）なのだった。「春になったなあ」と連れの若い男のひとが言う。私もそう思ったところだった。

春愁というようなしっとりしたものではないけれど、毎年私は花が咲くころにきっと一度や二度は、ふっと寂しく気が沈む。人より強く春を待っているのに、さて春だとなると楽しいなかにかならず、原因不明な寂しさが来る。なんの愁わしさかと長いあいだ、自分でも不思議に思っていたが、先年やっと「ははあ」と合点できていい気持だった。持ち越してきたものを「解決したこころよさ」だった。

これは、観光地に育った子供が感じるうら寂しさなのであった。私の生まれたところは桜の名所だった。川に沿って長い桜の土手があり、春は遊楽の客が集まるし、土地の人も葭簾（よしず）茶店を出して商いが賑わうのである。このなかで子供がぼんやりおっとりしているはずがない。おとな以上にいろんなことを見たり聞いたり思ったりしてしまうのが、観光地の子だとおもう。おとなは儲けや稼ぎ高で頭のなかがいっぱいになっているから、子供が覗いていることなど気もつかず、朝のお客、来るお客には愛想笑いや「お茶おあがんなさいまし、一服なさってらっしゃいまし、草餅、ゆで卵はいかが」と言うけれど、夕がたの客、帰り足の客には笑わないのだった。そして客もまた家路へ惹かれる早足で帰って行く。ちょうど川に夕潮がさしてくると同じような速さで、土手の上の人影はばらばらとなくなって、桜だけがほの白く残る。この昼の賑やかさと夕ぐれの寂しさを子供が見逃すわけがないのであるが、おとなという——子供のなれの果（はて）は、そこを庇ってはくれなかったのである。

　小学校のときの友だちといまだになかよくしているが、思いは同じだと見えてこちらから訊かなくても「夕がたの土手は急に寂しくなっていやだったわねえ」と言う。

　熱海や別府のような大観光地は、朝も晩も往く人、来る客に、潮の退きどきなどない。のべつ幕なしの繁昌である。東京の観光旅行団もそうである。迎えるも送るも、いとまない往ったり帰ったりである。そんなことは誰もなんとも思わない。ただ私だけが、——大正初期まで桜で名をとどめていた、はかない三日見ぬ間の観光地に育ったせいで、修学旅行の団体を見たり春を感じたりすると、うっすりと心に翳（かげ）が落ちるもののようである。来るものが帰るのは当然だが、常住居るものの寂しさと云ったらいいだろうか。

申し子

三十年もまえの話。若い娘だった私は汽車に乗っていた。関東平野のひるさがり、見わたすかぎりの田園と桑畑、天も地もどぎどぎと光って、眼の向けどころもない上天気。丑満(うしみつ)には屋の根が三寸さがるというが、こんな炎天には農家は慴伏(しょうふく)したごとく、屋根を伏せて低い。汽車は快適とは云えず、苦しく息づきながら、黒煙と炭粉を噴きあげて走る。暑い。そのうえ運の悪いことに、私のと隣の窓とは日除が壊れていて降りないし、高崎からは日向側になってしまったから、頭から背へかけてまともに烙(や)きつけられた。

そのころは両側二列だけの座席で、通路には嵩高(かさだか)な荷物が置いてあり、席の変りようがなかった。と、「遊びませんか」と話しかけられた。「この車のなかで私たち二人だけがこんな暑い目にあうとは何かの御縁でしょう」と云う。何かの御縁という古めかしいことばが、身ぎれいな若い人から聞かされると、非常に滑稽だった。

遊びがはじまった。片っぱしから乗客の職業を当てっこする。名探偵もどきに彼は判定して行く。軽井沢から乗ったあの人は大学の教師だ、チョークを持つから右手の袖口がすり切れている、鞄の重量が赤帽になみなみでない汗を掻かせたから、それは本だ、——という式で一々こじつける。のみこむと私も負けていず、自説を主張して興じあい、高飛び中の兇悪犯人をでっちあげたり、没落相場師をしたてたりしつつ、妥当と思うほうへ点をつけて行った。

いつか上野へも近く、点数はちょうどとんとんに競りあっていたが、二人とも判断の下せぬ妙な男の人がいた。その男の結論を出し、またお互い同士それぞれを当てっこする勝負を最後にして、負けたほうがお茶をおごることにした。

赤羽へ近づくと、妙な男はすっと起って、棚から小型のトランクを軽くおろして席へ置いた。こちらは鵜の眼鷹の眼であるが、男は節の高い細い指でポケットをさぐっている。小指の長く生えた爪、鍵を取りだす、ぐりっと廻す、ぱくっと明ける、——私たちは唖然とした。小僧っ子と娘っ子のたわいない遊びをぴしっと拒絶し通したものが、そこにはいっていた。縫いとりのある、紛うかたない黒い法服が、これ見よがしにきちんとしてあり、結論は出すにおよばずという態度で男は下車して行った。

プラットホームを歩きながら、私は遊戯の対手をぴたりと当てた。西洋じこみの遊冶郎だと、ある経済雑誌に写真が載っていたからだった。彼は私の正体がわからない。蓮葉のようでいながら堅苦しく、ちゃんとした家庭のようなくせに野蛮だと云った。で、私は

「父は支那浪人と云われています」と答えて笑い、お茶をことわった。

別れ際、彼はくやしがって、「焔(ほのお)を背なかにしょっているような姿だったから、あなたは不動様の申し子でしょう」と云った。不動様の申し子なら、私は偉くなっていたはずだが。……

平ったい期間

三十もなかば過ぎ、ある意味ではいちばん女がしゃんしゃんしていようという年齢のとき、私は平ったくなっていた。離婚して瘤つきで帰って来たのだから、平ったくならざるを得ないのだった。もっともそれは自分が自分で平ったく平伏していたつもりなのであって、ひとが私を見れば平伏なんぞとは聞いて惘(あき)れると云うかもしれないのである。自分では随分ぺたんこになっていた期間だとおもう、離婚から戦争までは。——ときどき思って、戦争とはへんなものだなあとふりかえるが、もしあのとき戦争がなかったらば、私はずっとぺたんこを続けて、いまはもう縄の腐ったみたいになっていたろうとおもう。娘をやりこめる甲斐性も、お手伝いさんに文句を云う土性骨(どしょうぼね)も失っていたろうと思うのである。あのときはそういうぺたんこになっていたのである。いえ、なっていたつもりだった。それが戦争がはじまって、男はいちどにますらおになったし、女も揃ってますらめになってしまったので、自然ぺたんこが起きあがってしまった。出戻りでも平伏はいらなくなったという感じは、私はいまに忘れられない。しかも平伏からそろそろ起きあがり伸びあがりしてみても、どこからも咎められなくて、誰も彼もみんなあっちのほうへ眼を向けていて、私の起きあがりなんか、ああありがたい誰も見ちゃあいないんだ、といった状態だった。あの感じを私は忘れられない。誰もそんなことを云う人はいないのはさみしい、私の離婚はそれほど罪ふかいものだったかと思えて。私は私とおなじように、戦争でぺたんこな平伏から赦された女がいないはずはないと思っている。

でも、その平伏期間がずっといってんばりに平伏のみであった、というのでもない。平伏ながらにこちゃこちゃと多少動きまわりもさせられた。だいたい私の父親は、「おれの子供のころには、立ってるものは親でも使え、遊んでるものには遠慮はいらないという一般の調子だったから、それに文句は云えなかった」という育ちかたが浸みていた。ましてや出戻りで手が明いている娘を同居させているとすれば、気にならないわけはない。それに、ぼんやりさせておいてはという親心があったことはもちろんだった。

「おまえたち親子はなんとでも食わせてやれるから、ただ金を取るつもりだけで働きになど出ないでくれ。それより何かしてみないか。博物館へ毎日弁当持ちで行ってみてはどうか」と云った。博物館通いは十六七の小娘のときにも一度すすめられたことがあって、いやだった記憶がある。それで、男親なんてものは二十年たっても、おなしことを云ってるものだとしか考えず、博物館の勉強をしようなどとはまるで気が動かなかった。むしろ禁じられている小遣取りのほうへ心がかたよっていたが、そこが平伏なのだ、云いだせない。

するとある日、急いでいるようすで書斎から出て来て、「おまえちょいと役に立ってくれないか」と云う。

「何をやるんですか。」

「覗いて来るんだ、ざっとでいい。」

「………？」

「どこでもいいんだ。そこいらへ行ってお茶の先生の看板を見たらはいって行くんだ。もちろんそこの主人に迷惑がかからないように気をつけるんだ。そしてそこで南坊録（なんぼうろく）をどういうようにして教えているか、そいつを覗いて来てもらいたいんだ。」

「だってそれじゃ入門するんですか。」

「そんなことごたごた云ってなくてもいいんだよ。女はなんか一ツ頼むと、きまってごたつくからだめなんだ。おれが役に立ってくれと云って頼んでいるんだし、おまえに役に立つ気があるなら、すらりとやればいいじゃないか。いやならいやと云えば誰かほかの人間に頼むんだ。なんでもないことじゃないか、ただ南坊録をどうやって扱ってるか覗いて来てくれというだけのことなのに。入門のなんのと、行きもしないうちになぜそう自分で合点しなけりゃいけないんだろうな。おまえの合点の通りに運ぶかっていうんだ。遊んでるひまに行って来い行って来い。」

ぺたんこを感じながら、出かけて行くしたくを今すぐするほうが賢いと思うのである。第一、どっちを向いて行っていいかわからない。第二に入門はその場のなりゆき任せにしたにしろ、絶対そこの主人に迷惑をかけない、とはどうすればいいか。何が迷惑で何が迷惑でないのか、私に範囲は皆目見当がつかなかった。第三に南坊録とはどんなものか知らないのである。女学校時代から南坊録がお茶のほうの虎の巻的な本だということは、どこかで聞き齧って名だけは知っていたが、そんなもの読んだことはない。父と大工の棟梁が、かねわりがどうとかで南坊録がどうとかと、二人で興に乗っていたのを知っているきりである。それが私の全知識なのでは、何を覗いて来るのか困るのである。第四にあれほど、ものを訊くには名のっておじぎをしろと云って聞かせているくせに、なぜ拙者露伴と申すもの、お教えに預かりたく罷越しましたと云って出て行かないのか、それと「覗くと迷惑」とがどう関係をもつのか、そのへんははなはだよくわからないあぶなさがあると思えた。

「私だとて三十五過ぎ四十手前という年輩で、子供の使いのように「ついうっかり」では済ませないのだった。けれどもそんなことを云っていれば、ごたつくな、すらりとやれと来る。そうなるといつも私は一ツしか行きかたはない。ままよ、なのだ。「行ってはみますが、きょう行ってきょう覗いて、よくも悪くもそれきりでおしまいにするんですか。それとも、きょうだめならあすあさってと続けるんですか。」

「おまえの器量次第でしかたがあるまい。」

それで少しゆとりができた。実は少し心あてを思いだしていた。連れになってもらう人があった。そのひとは生活にそういう趣味も必要もあったのかとおもう、習いに行きたい、一緒にどうだと洩らしていたのをこちらは遠々しく聞いていたが、いまは思いだしてそれが頼りになった。そのひとの都合を訊いたりしてまごまご二三日を過ぎていると、父は不機嫌で、「弱いやつは一人じゃ歩けないんだ」と軽蔑された。

それでもだんだん話を訊きだしてみると、へんなぼろを吐いた。もともとこの家は茶坊主が職業なのだそうだが、父はぶくぶくのお手前などしなかったらしく、誰かに茶も知らないのかと云われて恥を掻いた、それが北海道へ行くまえと聞いたから十九歳以前のことになる。それでいまさら家の人に訊くのも業腹(ごうはら)だし、弟子入りをして習うほどの気も金も時間もない。そのころは道場荒しがはやっていて、それに倣ったという。看板のかかっている以上表芸なのだから、亭主もそのくらいの覚悟はしているはずだという考えのもとに、「御免」と訪(おとな)って「一服頂戴」と申入れるのだそうだ。ところが父の当ったうちは、「御免」と云っても人が出て来ない。しまいにおよそ見込に違った見すぼらしいばあさんがちょいと顔だけ出して、「明いておりますものを」と云った。覚悟のほどは現われているのである。しかしなんでもなく平手前で一服くれた。が、手前のあいだじゅう、書生さんもしおなかがおすきならお湯漬一ツさしあげようがと云われやしないかと思って、いやな気をさせられたという。私はそれを聴きながら、父が今日の時勢のなかで敢て私にそれを試みさせようとしているのじゃないかと気づいた。だからなおのこと、ままよになる。ままよはある元気をもたせる。

かりにも道場荒しの傾きがある以上、その構えをまずぐるっとまわった。板塀で囲って相当ひろい建物である。冠木門(かぶきもん)。門から自然石を敷いて両側が植込、玄関は見えない。私の合棒は茶目気のある人で、玄関がむきだしでないのを見てとると、十分おちついて観察をしている。その眼を追ったら、ちゃんと金目の庭木を拾っている。これはたまらないと思って私も反対側をずらずらっと見て行って、半年、すくなくもこの春には植木屋を怠っていると踏んだ。彼女のほうは梅と柳をつなぐ大きな蜘蛛の巣を見ていた。それから玄関へ行った。「頼もう」以下のすべてを彼女に押しつけて私はあとに退り、鼻だけをもちあげて嗅ぎとろうとした。玄関には茶の湯のけぶりも、道場教場の匂いもなくて、ただ花やかな女衣裳のいろどりのようなものが感じられた。

これなら大丈夫そうだとやや安心して履物を脱いで、とたんにこちんと固くなった。脱いだ履物の始末をどうやっていいか知らないのだし、履物を始末する作法があるということは小耳に聴いている。まるでの知らなさと小耳に知っているのとのあいだに挟(はさ)めて、心身の自由を縛ってくるところは道場の威厳である。それでもあがった以上は一服頂戴もしないで立往生というわけには行かない。「道場へも通らず玄関で一人勝負に眼をまわして倒れた」では、うちへ帰ってどんなぶった斬られかたをするか、それはしばしば承知のことである。三日ぐらい死んでいなくては生きかえれないのである。稽古は幾部屋にも分れて古参新参の順があり、初心の部屋に入れられた。女衣裳の色彩が部屋を鍵に囲んで盛りこぼれ、でもさすがに芝居や音楽会のけばだちはない。ない、と大ざっぱなことしか摑めないほどのぼせている道場荒しは、歩くにもどっちの足からどこを通っていいのだか、すわるにもどうどこへすわっていいのか、まったく進退の自由を欠いていた。せめて、ここにいならぶ人たちは誰ひとりとして、私が親の言いつけで覗きに来ているとは知っちゃいないのだ、と思うことでやっと支えられて。——合棒だって、道場ひやかしとは以心伝心通じていても、南坊録覗きと知ってはいなかった。

ずいぶん長くすわっていた。主婦はこんなに長い時間ひとつところに起ちもせずにいられるものではない。半日留守にしているうちの台所はどうなっているかなと思う。本性はおそろしいもので、そういうことを考えるとたちまち正念がかえってきて、私はすぐ先生の裾を眼に入れた。もっともそれはおそらく私のみならず、いあわせた人みなが見ているにちがいないことだった。衣がえをしたばかりの折からだのに、下著の裾ははなはだしくあいまいな色づきかたをした白なのであった。初歩の人につける稽古は面倒なのだから、受持の先生はいずれはこの一門のなかの師範格であろう。これだけ大勢の弟子にあまりの起ったりいたり、連日のことではひまもなくてと云われれば同情するが、それにしても台所女の感覚はあいまいな白をゆるさないのである。

　やがてひるになった。お弁当がひらかれると、衣裳のいろどりは一変して遊山的雰囲気を醸した。そっと訊く。「どのくらいお通いなさいまして。」

「まだ一年ですの。」

「お講義はどんなことを。」

「え？　お講義って？　なんでしょうお講義って。」

「南坊録なんかのお話ありませんの？」

「おほほ、ほほ。それなんのお話？」

　私と私を特派した父とはこの令嬢から無手勝流でうっちゃられたにひとしい。なんだか知らないが愉快だった。まだ折目のついていない真新しく赤い袱紗と小さいお扇子を父の前にならべると、途々考えて来たとおりにちゃんと芝居を打つ気に畏って、あの令嬢のした通りに「おほほ、ほほ」と笑った。

　待っていたことの明らかな父はつられて、わけを知らないなりに上機嫌に笑った。「どうした？」

「南坊録はなの字もない。試合は負けたこともたしか、勝ったこともたしか。」

　その場はそれで笑い話に終ったが、翌日父は又、もっとほかへ行って来てくれと云う。再度の話となると、これは是非なにか父のしごとに必要が生じていると考えさせられる。

するとやはり親子の、それも離婚という泣きを見せたあとの老父へ、なんとか償いもしたい情が起きた。一度すれば一度しただけの足しにはなるもので、今度は大ぶゆったりして、でもまた同行二人（どうぎょうににん）で出かけて行った。

広い式台の構えだった。時間外だと見えて、内弟子ではないまったくの台所人が取次に出た。それがひっこんで、ふとった老婦人が気取りけもなくゆらっと出て来ると、もうそこへすわって両手をぴたりと突いていた。一瞬おくれて、老衰と肥満を感じさせない軽さですわったのだとわかった。大丈夫にすわっている——といったかたちだった。かりそめに門を叩いたものにも快く迎えている度量が測られた。こちら二人はこもごも適当に挨拶をした。

「これはこれは、近頃おめずらしい御丁寧な御挨拶をいただきまして。」ひゃあと思った。あんまりさらさらと大時代にやられると、四十手前なんかあくを抜かれる。そこへ、「奥様がたはお茶を遊ばすにちょうどいい御年輩でいらっしゃるんですよ」と云われた。

そこの稽古場には南坊録はあった。さほど古参でなくとも、それが何だかは知っている人たちが手前を習っていた。宗匠の老先生が虎の巻的な隠しかたをしないで、折にふれてはなにかと話に出してくれるからである。しかし先生は隠しがましくせずとも、南坊録はひとりでに空たかい雲間にいるというふうであった。しようがないから私は師範の先生に、なぜ講義の時間がないのかと正面から訊いた。

「まあしばらくお稽古に通ってみていただくんですね。南坊録の講義がいるかいらないか、見ていただきましょう。」

やむを得ないからだんだんと通っていた。稽古は団体生活である。まじめにさせる茶室の空気であり、私もそう勧めた。南坊録はそっちのけで袱紗の稽古、起つすわる歩く稽古である。特徴のある歩きかたをする。能のような、腰を落して摺足（すりあし）に、ちょっと爪先をもちあげた足どりに、腕は弧を描いて脇から放して構える。ゴリラが起って歩くとおもえば似ている姿である。しかも、「白雲の行くように軽く動いて」と云われれば、いよいよゴリラは歩きにくい。父親はそれを聴くと姿見を廊下のはじへ移させて、鏡を見つつくりかえし歩いてみて工夫しろと云う。自分もゴリラに歩いてみて、「悟空になればなんでもないさ」と叱った。

私は往ったり返ったりした。見物の家人たちは笑って笑ってとまらない。「おまえは猿でもなくて、雲でもなくて、蜘蛛の性分かもしれない。見ていると足高蜘蛛にそっくりだ」と云った。腹が立った。

そのうち歩くのはいい加減にして、手前の稽古になった。どうもうまく行かなかった。どこがいけないのか、どことなく悪いということだった。老先生は見て、体（たい）の動きが大きすぎて女手前でなく男手前になっている、それはどこのせいかというと脊骨がそっくり返っているからだと看破された。脊髄の問題になってはいささか不安も生じ、かつ滑稽感も生じてくる。私は一度も医者に脊髄の故障を云われたことがない。

父親はへんな顔をして、「おまえが小どりまわしでなくて、大どりまわしだという意味なんだろう」と云ったが、気にしたようすで考えていた。何日かして、「あれはわかったよ。医者より踊の先生へ行ってためしてもらうと、きっと姿勢ということははっきりするとおもう」と云いだした。

藤間も花柳もむちゃくちゃで出かけて行った。これは覗く道場荒しでもなし、なんとなく習うつもりにされてくそまじめになるのでもなし、はじめからただしてもらうのだから楽だった。お師匠さんの奥さんはソファにかけていて、こちらをとっくりと見て、「男手前だなんて云われたの、気にするこたないと思いますがねえ、りっぱな体格ってわけなんでしょ。」——どこへ行っても大勢をあやなして世を送っている人たちは、挨拶に事欠かないのだ。ただ、いつも正面向きあった挨拶とはかぎらない、斜にそれての返辞を上手にする心得をもっていた。脊骨はここでもうしろへ反り気味だと云われ、私はそれで済んだつもりで帰って来たが、「なあんだ、少しの間弟子になればいいのに。おれは飛六法ってどんな足どりなんだか、うつして来てもらおうと思ってたのに」と云われた。芝居の弁慶の引っ込むあれが飛六法じゃないかと思う、あんな凄まじいもの誰が、である。

それでも、折角出かけて行ってなじみになったのに、これなりじゃ勿体ないとしきりに勧め、六法のことばかり云うから三四度行った。行くうちに、踊は地の音楽のあるなしだと気づいていよいよ習う気などなくしていると、父親は平然として、「長唄からでも習ってみるかね」とちっとも閉口していない。

「でもおとうさん、長唄は別に探って来る必要ないんでしょ。」

「ああ、あれはわかっているからいいんだ。新しくなったところは、縦書の稽古本を横書にして譜をつけたことだけなんだ」と知っていた。

　その後持病の腎臓の衰弱に悩まされて臥(ね)ついたが、あれ以来南坊録も六法もふっつりと云わなかった。六法のほうはその当時ヨガの行(ぎょう)のことを調べているようだったから、あるいはそれと関聯があるかとも思うが、それにしても浅い。南坊録は町の茶の湯教場でどう扱っているかが理由だったが、それもあまりぼやけたことなのだ。そんなら出戻り娘の手持ち無沙汰に時間を救う方法、元気をとりかえさせる方法かと云えば、それだけのための演出とは思えない。それにあの歩きかたの稽古を一緒になって、無邪気と云いたいさっぱりした熱心さでやっていたのは、あれは何だったろうと思う。これはこちらの考え過ぎからのことでよくない思いかたかとも疑うが、ゴリラでなく雲でなく、足高蜘蛛に似ているなどと云ったのも、ただ単に形から云ったものではなくて、当時の私の心理状態をよくよく見ていて、ついふと云ったものなのか。そうとするとあのことは、父の必要というより私への慰めである。が、それにしても書斎から降りて来て、ちょっと頼まれてくれないかと云ったようすは、急いでものを調べたくて云いつけるとき特有の、ならべて置いてある錐（きり）や鑿（のみ）に見るような、静まりかえったこわさがあった。全然必要でなかったとは思えないから、私の齎（もたら）した結果が見当外れであったため、所詮だめだと諦めて遊び半分のあんなことになって行ったのかもしれない。

こんなことというものは、時がたつほどあれは何の意味だったろうと考えるものらしい。平べったく平伏はしていたのだ。私もふざけはしたが、不まじめなほどのいやな気はもっていなかった。父も気まぐれの当てずっぽうではなかった。父の何かの用に必要だったか、私のためなのだったか、とにかく親子は何かをしようとして果さなかったことはたしかのようだ。受けるはずが流してしまったのか、授けようとして渡しきれなかったのか、それともあれはあれだけでよかったのか。すくなくともいまも生きのこっている私には、名残惜しく尾を曳いていることなのである。

あれはいったい何だったろうということは、さまざまなケースでみんなによくあることだと思うけれど、猜疑だとか嫉妬だとか、金とか利用とかいうものを伴わないこんなケースは、淡いかなしみがあって想いだされ、いいものだとおもう。

終焉

七月十一日朝、祖父の部屋へ掃除に行った玉子が、「おじいちゃん血だらけ」と云って来た。なるほど父は、頬・鬚・枕・シーツと点々と綴る赤の中に、しかし平常な顔色でいた。

慌しい私をいぶかしげに見迎えて、「どうかしたのかい」と、まったく平静な声で訊いた。まず安心して、「血が出ましたね」と云ってのけた。「ははあ、ゆうべ痰がつまって苦しいと思ったのは、あれは血なのかい。ハテネ」と考えている。脈に触れて見る。正しい。熱は無い。血はまったく乾いていい、痰吐きの中は相当量の赤いもやもやが拡がっている。父にうそをつくと、観破されて恥しい目にあうから、大概のことは卒直に云ってしまう。いつもの血痰と質(たち)が違うらしいこと、量も格段に多いことを知らせる。時刻は一時前後のことと思われる。近年蚊帳(かや)を吊るのが嫌いになって、蚊遣り香ばかりを用いる。夜前は毎日通り、二回目の渦巻に火をともして足もとに置きに来たのが十二時半、眠い目に見た時計はたしかに、短針が十二時をちょっとずれて長針と一直線であった。わりに耳ざとい私が何も知らないで寝ていたことからすれば、恐らく二度目の寝入りばなの一時前後と考えられた。二燭の電燈がいかに暗いにもせよ、目もうといにせよ、これだけ量の出血をよく意識していないらしいのは、どういうことなのだろう。吐くことに苦痛を伴わなかったのでもあろうか。早く起きて手水がつかいたいと、助け起されるために差し出した左手の袖に、べとりとついた血に気づいて、「エエきたならしい、意気地の無いざまだ」とじれだした。こんなに方々汚すほどなことを、よくも覚えないでいるもうろくに、腹を立てていることは明らかである。半醒半睡の間の出来事だったと見られる。

　こういうことは如何とも慰めがたいことだった。寝たきりになってからは、とかく身の不自由、ぶざまが疳の種になることが多く、自分を嘲罵するさまは気の毒であった。今聞くこれも、いつもと変りは無いけれど、目に見る姿を伴っては痛々しかった。血は頬髯・顎髯を捩じてむざんにも幾筋かの糸とし、余は伝って喉にまで尾を引いている。前後をはかるよりさきに、ことばは口を離れてしまった。「こんなに血が出ているのに、胃からにしろ肺からにしろ、お起きになるのはよした方がよくはないかしら」と。云わせも果てず、「又はじまった、おまえの素人医者は、置いてくれ置いてくれ。つべこべ云う間に素直にやれ。猿は血を見ると騒ぐと云うが人間のサルも始末が悪い。」いたしかたも無くて静かに脊中を支えて起したが、機嫌の悪さは動作の重みにあらわれた。つかが倒れてぶよりと凹(へこ)む畳を、私は踏みしめねばならなかった。いつの間にか玉子は心得て、清水のコップに手拭を添えて待っていた。目顔でわかりあって、日課の牛乳買いに行くと繕って、近くの中山に住む土橋(どばし)さんへ応援を頼みに走った。

　午後二時、ふと予感があって立って見たが、いつも寝勝手の右を下にして、なんでもなく寝ている。引き返して三四分、不安で又立って窺った時は、左手をのばして痰吐きを取ろうとしていた。吐かれた物は小さい血の塊であった。続いて間切り間切り、泡立った鮮かな色は押し出された。痰吐きを支えて、手の施しようも無くいた。と、顔全体に見る見る充血して来、瞼は怒張し、苦しみの筋は走り、咳のような嚏(くしゃみ)のような声と一緒に、ぬらぬらとちぎれない物が出た。父は左手を染めて、口中を盛んに掻きさぐった。漸う私は点火されたようになり、父の手を払いのけるや我が手にそのいやな物を取りのけようとし、それはぺたぺたと方々へへばりついた。口の中には血のりの紐が垂れ下ってい、はじめて出血は右上奥歯からであると知った。強い食塩水の含漱(うがい)がきいたか、脱脂綿でした圧迫が効を奏したか、冷い井戸水が役立ったか、或は出ずべきものが出てやんだのか、知らない。気がつくと私と押並んですわった土橋さんの、浴衣の脊中は汗で水を浴びたようになってい、玉子の白麻のスカートにも花模様が散っていた。「血去り惕(おそ)れ出ず、歯からでなけりゃこっちが」と頭を指して、「やられたかも知れない。このくらいの血は案じるにはあたらない」と云っていた。シーツの斑点には新しい手拭を覆って、三人は無言で隣室へ退った。
玉子は氷屋・薬屋へ、土橋さんは東京の歯科先生へ、お茶一杯煙草一本の間も惜しんで出てしまった。約十分。第三回の出血がはじまった。相つぐことに一人は心細かった。助けを求めたさに浮く足を無理にすわっていたが、痛みも無くがぶっがぶっと出る血は恐ろしいものであった。室（へや）はなまぐさく、私にもからえずきが上って来、せつなかった。大ぶ疲れたらしく、こめかみに汗が浮き、肋（あばら）は上下している。ふと親一人子一人という感情が走って、突然、「おとうさん死にますか」と訊いた。「そりゃ死ぬさ」と変に自信のあるような云いかたをし、「心配か」と笑った。柔いまなざしはひたと向けられ、あわれみの表情が漲った。私もまじろぎをせず、見つめた。遂に何だか圧倒されて、ひょこりとおじぎをしてしまい、そしてそのおじぎにてれ、涙が溢れはじめ、いたたまれず立った。廊下へ出しなに振返って見た時に、父は立て続けに緩いあくびをしていた。けさ父が何も気づかず、どうかしたかいと云ったそのことば通り、どうかしたことがはじまっていたのであった。

*

空襲の噂に東京がざわつき出した頃、春はまだ深く、父はひとりで伊東の風光を楽しんでいた。或日、私は糀町の叔母に呼ばれ、「親子離れ離れにいてもし不慮のことがあった時には、おまえは申しわけもあるまいし、かつは私達にしても疎開如何についての兄さんの御意見も伺いたいから、一トまず帰京を促しては」と云われ、尤(もっと)もなことに思い、早速迎えに行った。

来意を聴いて機嫌は曇ってしまった。「お延はとにもかくにも一生を芸で押し通して来ている、しかももう七十を過ぎてる身で、死について考えた機会は幾度かあった筈だ。空襲はそりゃ恐ろしいものかも知れないが、だからと云ってわざわざそれでおまえを迎えによこす程うろたえている筈は無い」ときめつけ、「又おまえにしてもおかしな使に来たものだ。小さい時から母親に死なれ、弟を送り、先頃は縁にも離れている、多少とも人生の磨礱(まろう)にあっているじゃないか。も少しはわかっていると思っていた」といやな顔を見せて煙管(キセル)を取った。同行の親類の女人はしらけきって迎合追従的な無意味なことばと笑顔を向けたが、これは案の定父の疳を煽る結果となった。「生死を云うのならばおまえ達の分際でにたにた面は不謹慎だろう」と開直られ、これは大変なことになって来たと、尻込みすることもできずかしこまった。「一体、爆弾で砕け死ぬということが何なのだい、イヤサ死ぬということをどう思っているのだ」と一語は一語にましてきびしくなって来、しどろにする返事は更にことごとく気に入らるべくもなかった。問題が生死のことであったから、はからずも知った子の不覚さは、それが子ゆえにこそなお許すまじき気勢で、東西古今をたてよこに織りなし、畳みかけ畳みかけ、長い時間をしゃべった。はじめ私は恐れて堅くなり、やがてただその大河の勢をもって語られるところに全く呑まれ尽して、いたしようも無かった。いつか話は又もとに戻され、電撃的なことばは私を刺した。「もしこのわたしの身体が道端で膨らみあがって爛れ死んでいたら、どうだと云うのか。おまえは発狂でもする気か」と。反射的に胸に描いた猛火の図にぞっとし、「そんなのいや、もうやめて」と歎願し、「いやでは済むまい、そんなぬるっこいことでいいと思ってるか。死の惨さ厳しさにも徹し得ないおまえらが、安全のどうのと憚りも無くしゃべり散らすとは慢心の至りだ」と浴びせられ、私はへこたれきった。

「もういいから湯にでもはいっておいで」と、自分から石鹸を取って渡してくれたりした。湯舟に寄ってゆったりとし、思いかえし、そしてはっと狼狽した。これは一体どうしたことだ、あんなに話してくれたあれは何だったのか、何一ツ覚えていない。あれほどの熱をもって説いてくれた数百語は、どこへ行ったのか、まるで手がかりも無いまでに忘れてしまっている。皆無であった。当惑の底に浮いて来たものはただひたすらに、おとうさんと呼ぶ子の情であった。死なれたくない、怪我もさせたくない、生きていてもらいたい、そのおとうさんである。生き身の恩愛、親子の絆、何を聞き何を忘れて、ここにこの心があるのか。知らぬ。不敵というにはか細く、慢心というには悲しい。業とならば、よし苦にも裂けよ、執念ならば地獄にも堕ちよ、あわれこの心をつきとめて、も一度生死の話を聞く折をもとうと念じて、翌日は一人帰京した。

秋、父はめっきり弱り衰え、足腰の不自由に黙々と耐えていた。私はしばしば静かさに不安を感じて、父の部屋を覗込みする癖がついた。十一月、東京は空襲された。親子は再び生死を、それも数分後には或は実際になるかも知れぬ生死を話すことになった。しかし伊東の時のように多くをしゃべる時間は無かった。塀一ト重向うは防護団の溜りで、ラジオやら絶叫やらはこちらの話をさまたげた。

こんな場合には死にざまは幾通りあるか知れないし、なおさら死に時のいつは計り得べきでない、そんなことはみんな思考のほかにあるのだから、あらかじめ決めて考えようとするのは自由を失うの愚であると云い、小机を前にして動きたがらず、庭さきの薔薇を眺めている顔には久しぶりの表情があった。将棋を差す時の、あの鼻の厚みの増して来る顔であった。来ることはそのままに、すかっと受取って滞らないのだとは、よくわかっている。が、その膝は薄く、その手の白くて骨立ち皺んでいるのを見ては辛かった。遠い爆風でも皮膚は木目のように壊れたとか、ガラスの破片は忍返しのようにささってとかいう話は、戦慄をもって父の身に考えられ、またしても生き身の父を安泰に保ちたい思いで、胸は一杯になった。

誰にしても素掘りの壕や押入を鉄壁と頼むわけのものでもないが、八十に近い人といえば常不断でも何か覆う物が欲しい気がするではないか。常識といわれる程度のあれこれの支度が、次々とせわしく思いめぐらされた。それに人手はまったく無かった。声をかければ或は得られる人手かも知れないが、非常時ゆえなお他人をわずらわせることをしまいと、ほんとに親一人子一人でいる。頼る者の無いことは勇気を生じさせるが、又一方些末なことにまで分担を許されなかった。私は防護団に叱り飛ばされながら、筵(むしろ)に水を打ったりせねばならなかった。マリヤとマルタの話が心に痛く思い出された。それもこれも僅かの間のこと、B29の爆音と続いて起った破壊の轟音は、容赦無く処置の決定を迫った。未知の予期された危険に対する興奮が、私を駆り立てた。すでに書物を疎開して荒涼たる部屋に、むきだしに一人すわった父は傷ましく、せめて押入にでも庇いたくて、ろ骨にいやな顔するのを頼んだ。

「これがおまえ流の安全か」と皮肉り、「私は年寄だ、おまえの指図に従うが至当だろう。一ト言云っておく、私に強いたようにおまえ自身にも強いるだろうね。」ことばは穏かだったが、面をあげていられぬような怒りを受取った。入口を布団で塞ぎ、その前にすわって、さて寂しかった。何がいけなかったのだろう。押入がいやならいやと云えば済むこと、指図も何も無い。強いるといったとて手を取ってするわけじゃなし、今までだって常に絶対であった父だ。要するに空襲下に端座する父を平然と見ていられないところがポイントであるとも思えた。いつも愛情というものをあんなに悦びとうとぶ人が、今この際に古筵一枚でも庇いにしたい子の情を、なんでかほどにまで拒絶するのか。ではこれは婢妾(ひしょう)の愛というものなのか、或は不謙遜にも当るものだったろうか。猛火の図が思い出され、発狂ということばがよみがえった。ど、どっというような音響が起り、あたりは揺れた。防護団が出動出動と叫んでいる。不安と恐怖でこらえられず、「おとうさん」と呼んだ。

咎めが槍のように飛んで、「馬鹿め、そんな処にいて。云っておいたじゃないか、どこへでも行ってろ。」張りつめた神経は自ら支えることを失って、「このさなかにおとうさんのそばは離れられない、どこへ行くのもいやです、行きたかありません。」一ㇳたびことばを返しては、われからずんと据わるものがあった。「行きたいんじゃない、行けと云うのだ。」「いやです。」「強情っ張りな、貴様がそこにいて何の足しになる。」「どうでもいいんです、おとうさんが殺されるなら文子も一緒の方がいいんです。どこの子だって親と一緒にいたいんです。」「いかん、許さん。一と二は違う、粗末は許さん。」「いいえ大事だからです。」「それが違う。おれが死んだら死んだとだけ思え、念仏一遍それで終る。」「いやです、そんなの文子できません。」「できなくてもそうしかならない。」「では、おとうさんは文子の死ぬのを見ていられますか。」片明りに見る父の顔は、ちょっと崩れて云った、——「かまわん、それだけのことさ。」

ちいさい時から人も云う、愛されざるの子、不肖の子の長い思いは湧き立った。「それでは文子は何ですか。」「子さ。」「子とは何ですか。」「エエけちなこと云うな、情とは別のものだわ」と怒声であった。「それじゃ文子のこのおとうさんを思う心はどうしますか。」「それでいいのだ。」「あんまり悲しい。」「悲しいにははじめからきまってる。」——鼻の芯が痛く話は終った。云いたくて云えないものが、いしかっていたが、涙が塞いでいる。水道は出なかった。勝手の柱によりかかって、云われたことを反芻した。

爆音がしずまるとすぐにのべた床に横になって、腰が痛いとこぼす父は、まだ不機嫌が続いて些細な事毎にひっかかって来た。こうなって来ると或一定の処までは許さずに押すのがきまりになっていたが、この日は私の嫌うところへ触れて来た。以前の婚嫁先の悪風、それに染って改めることをしない私の態度が挙げられ難詰され、畢竟きょうのああいう態度もああいう愚問もそこから生じる、娘時代から思えば恐るべき退歩、驚くべき堕落だと、不断は思いやりが深くて婚嫁先のことを云う時など代名詞でそっと云うような優しい人が、今はびしりびしりとものを云った。そこまでは耐えていた。その愚問を父は一々覚えていて抉った。下性・下根・不勉強は取り出され、意地悪く切刻まれた。耐えられなくなった私が、むしろ一度ことばをかえした経験が二度目を慣れさせたというかたちになったのがいけなかった。父は利かない身体を起した。あっと云う間に後れ毛と一緒に襟髪を押えられた。痛さと、かつて無いことの驚きとで逆上した私は顫え出し、振上げられた手を見て、「おとうさん打つんですか」と訊いた。手はおろされず、二三度こづいて放された。父は夜著を摑んで睨みつけてい、「わたしはな、おまえが帰って来た時にどんなに、アアお幾美が生きていたらばと思ったか知れない。今又しみじみお幾美のいないのが悲しい」と。余りのことに声も出ず唇を嚙みしめ、介添して横にし、下がけをかけた。「我不敢軽於汝等、汝等皆当作仏故」と洩れたのを聞いた。

*

二十五日夜、この晩も私と土橋さんが起きていた。もう三日ほども父は眠らない、睡眠剤はきかない。今思えばあの目つきはそれそのものと明瞭であるけれど、その時は皆疲れて神経も平衡でなし、底に快癒をねがう切な気持を含んでは、ものの見かたもかたよりがちで、「いつもとは違う目ですね」と口に出して云いあっていながらも、それを近いと思えないのが所謂死魔にくらまされるとでもいうのか。父は眠らない目を見張っていた。その身体をかりて行われた戦は、すでに峠を越したと思われる。はた目にはさほど苦しがりもせず、ただ物を欲しがらず口を利くのが大儀だと云うくらいでいたけれど、そばにすわって見つめると、地水火風の啀みあうのがわかるような気がして惨かった。

身体の向きをかえてくれと云っているので、左下に向け、土橋さんは父と対いあい私は脊を見る位置になり、別に痛いとは云われなかったが期せずして二人とも摩擦をはじめた。肩と脊は日々骨立って来ていた。「痩せましたね。」「むむ、——」と受けて、「こうしてあっちへ向けてもらったりこっちへ向けてもらったりしているうちに、自然の時が来る」とさりげない調子で云った。私は父の肱を摑んでのしかかった。「おとうさん、そうなりますか。」「なる。」くるりと眼球が動いて、血の日と同じ優しいあわれみのまなざしが向けられ、深い微笑が湛えられた。

　かちどきのようなものにつき抜けられて、「おとうさん、えらいなア」と絶叫した。土橋さんも同時に何か云ったようだった。聞えにくかったらしく、「なんだ」と云う。何を云ったのだというのである。私はくりかえした。「なぜさ。」「だってみんなまだそう思わない。」噴き出すように笑って、「そのくらいのこたアおまえ」と云った。見つめたなりで私は声を放って泣いた。「おとうさん」と呼ぶと、薄い瞼のうちで再びくるりと目が動いて、きつい瞳が見かえした。空襲の日の、文子が死んでもかまわん、それだけのことさと云った時と同じであった。そそけ立って、声をのんだ。目は閉じられ、微笑はひろがり、いつまでも消えなかった。かちどきというものを私は知らない。けれどもそれより外に云いあらわせないものが、そくそくとして溢れた。幸福であった。

　二十七日。宵のうちは無性に眠くて居眠りばかりしていた。気がつくと、土橋さんも長々と伸びて、苦しそうな鼾をかいている。父ばかりがぽかりと目を明けていた。ゲッセマネの園。はっきり覚めて、氷をかえたり果汁をあげたりして雑談をした。そのうち、「小石川のうちはどうした」と云う。「さあ八月一杯と云いますが。」「そううまくは行くまいが、今年中にはかたがつくな。」土橋さんを突いたりゆすったりしたが、石の如く感じなかった。時に遇わずだと思い、やめた。評釈のこと、出版のことは度々話していたが、今もまた承知していることを確めるように話した。「七部はあれはもうできちまっているんだよ、おまえは心配はいらないよ。」仕事には一切関係しなかった私だから、説明しておくつもりらしかった。「本の方も次々に出るね、うまく行ってるね」と念を押して、「何もみんないいね」と実に楽な話しぶりをした。明瞭な返事をし、うなずいて受けた。仰臥(ぎょうが)し、左の掌を上にして額に当て、右手は私の裸の右腕にかけ、「いいかい」と云った。つめたい手であった。よく理解できなくて黙っていると、重ねて、「おまえはいいかい」と訊かれた。「はい、よろしゅうございます」と答えた。あの時から私に父の一部分は移され、整えられてあったように思う。うそでなく、よしという心はすでにもっていた。手の平と一緒にうなずいて、「じゃあおれはもう死んじゃうよ」と何の表情もない、穏かな目であった。私にも特別な感動も涙も無かった。別れだと知った。「はい」と一ト言。別れすらが終ったのであった。

堅固なるひと

柳田さんが亡父露伴宅へみえるようになったのは、たしか昭和二、三年ごろからだったとおもう。

その頃の、まだおなじみの浅いころのある日、私がよそから帰ってきて、もうすぐそこがうちだという角を曲ると、柳田さんが道のはしで、手の中へうつむき、立ちどまったなりになっていらした。そばへ寄って行ったら、小さな手帳へ、手の中へもぐるような小さい鉛筆で、なにか夢中な様子で、しきりに書いていられた。私がそこにいるのに気がつくと、とたんにはにかんで、笑って、忘れないうちにメモしておこうと思って、といわれた。父と話しているそこでメモしたいのは山々だが、それはぶしつけに思うものだから、玄関を出れば気がせいて、ともいわれた。そういうあいだも顔じゅうに、はにかみが消えず、印象ふかかった。ふとって、大きく、重いようにみえる姿と、ほそく敏捷にうごく神経とが組合わされている、と思った。

もう一つ、印象ふかく残っていることがある。それは父の死の時のことである。柳田さんも見舞にきて下さっていたが、なにしろ住居は二タ間しかなく、その八畳のほうに父が病んでいて、そこへ武見先生が診察にいらしたから、みなさんは庭へ出るよりほかなかった。診察がすみ、武見先生はむずかしくきびしい表情で無言、私たちみんなは玄関へお送りして、容態をきこうとした。問うても先生は、渋り渋り、短かくしかおっしゃらない。その時、庭から柳田さんが叫んだ「色がかわった」と。

あとで思えば、あの時迂闊にも、誰も病人のそばに残らなかったのである。そして柳田さん一人が庭のそとから、多分じっとみつめていて下さったのだと思う。死は静かに静かにくる時もあり、はたりと切って落すようにくることもある。そのはたりと落ちる瞬間の、いわば境目のようなところを、柳田さんは的確に見たのだとおもう。人がみな立って行くとき、軽く誘われず、重くいて、そして細い神経を動員している、このことが柳田さんの人柄だとおもう。

私はお客様へはお茶のお給仕をするだけで、めったにお話をすることはなかった。だが、その給仕のひまに見る柳田さんは、父と話していつも楽しげにみえた。なにが楽しいのだろうとおもう。亡父はよく柳田さんのことを、堅固なるいなかびとだ、といっていた。柳田さんはどう父のことを思っていなさったろうか。私は父のことを、机の前の人と思うほかに、軽き町の人と思い、また骨っぽい横丁の人と思っているのだが、もしかしたら、堅固にして軽くないいなかびとなる柳田さんは、横丁の隠居的露伴の軽さがおもしろかったのではなかろうか、という気がする。父という人は話しをしているうちに、時によるとしやあがるきやあがるの言葉になるのだが、そういうとき柳田さんはほんとうにおかしがって、重く太い声で笑っていらした。

父没後、露伴全集のことではさまざまお世話になった。それは父のいっていたように、堅固なる人の、律儀なるなされかた、であった。

はにかみ

　先生が父のところへいらっしゃる時には、大抵さきに電話があった。私の家は角地なのだが、玄関が通りへ向いていず路地をはいった方についていた。車を角で降りて、わずかではあったが先生はその路地をわざわざ歩いていらした。長身で少し猫背で五分刈で色白で短い口髭で、もっとも印象的なのは唇が鮮明に赤いことだった。取次の私に挨拶をなさるのだが、その間にもう湧くような汗だ。冬でもそうで、靴を脱いで上ればまず手拭を取り出して、頭から顔からむやみと掻きまわすような拭き方だ。「どうも汗かきでして」とその度に註がある。お茶を持って行けば又もう額際が光っている、暑がりなのかもしれない。父との対座はいつも、心の弾んだ人に見る頬の紅潮しかたであった。

　先生はいくらすすめても膝を崩さない、ことばも崩さない、一定の丁寧さでずっと続く。父のほうははじめは正座で間もなくあぐらになるし、ことばも丁寧だったり巻舌になったりで行儀はよくない。話はほとんど絶え間なくて楽しげだ。先生が手帖へ書きつけておいでの時もあり、あとで父は、「あの人はまだ若いからまめに字が書ける」と云っていた。話の内容で格別に記憶に残っているほどのものはない。もっとも家人はお茶をいれかえて持って行くときくらいしか客室へは行かないからでもある。その時うちには高等科を出たばかりのまだ子供子供した田舎出の女中さんがいた。起ち居にきまってからだのどこかが妙な音をたてる。よく指を引っぱってぽきっと音をさせる人があるが、その子は十本ともにしかも細かい関節までがぽきぽきと鳴るのだった。父は閉口して、「もうそんな音は聞かせてくれるな」とはらはらしたらしかったが、先生が見えると早速その話をした。「任意に鳴りますか。」任意というのが私に大層お医者くさく聞えた。手の指ばかりでなく、手頸も肘も肩も鳴る。先生もびっくりして「はあ」とばかりだが、彼女のほうは脳病院の院長先生でえらい歌よみの先生と聞いているから患者的素直さで、「足もやりますか」と訊いた。足とは私も驚いたが、彼女は無遠慮におおまかに短い裾から足をつき出すと、足の指もくるぶしも膝も鳴らした。「腰は?」と云われると、坐ったままぐるっと上半身を捩って、これがごつっと重い音で鳴った。先生は「微妙な音ですなあ」と感心した。すかさず父が「医者は骨の音を微妙と思うか」と云う。私はこらえられず噴き出してさがってしまったから先生の返辞がどうだったか知らないが、そんなように何でもが話題であり、もちろん文学をそらすことはないにしても、それに限った堅さであるわけがない。

話がしばらくすると、かならず父か先生かが席を起って、やや急ぎ足に廊下を曲って行く。ときには先生のあとを追うように父も出て来ることがあって、父はさっさと庭で用を済ませる。先生は廊下を帰りしなに、父のその後ろ姿を知りつつさりげなくもとの席へ行かれる。又しばらくするとどちらかが廊下を行き、代りばんこのはばかり通いだ。で、その上はばかりあることをはばかりもなく書くとすれば、主客が行きつ戻りつの後、掃除が必要なのだが、先生はお帰りのときに、「どうもお小用場をよごしまして」とお詫びになるから、それ以外のいつもは父たること明白である。互に相手の話の腰を折らずに起とうと気遣うので、起てば急ぎ足ならざるを得ず、かつその仕儀に至るわけだ。二人とも糖尿である。父も唇が赤いしじきに唇に乾きが来る。それでも煙草も吸うし湯茶も口をしめすほどには呑むが、先生はお茶をあがらない。そのかわり頻繁にぺろっと舌が出て唇をなめる。これも糖尿のせいだと思う。

　当時、私の娘はまだ小学生の幼さで多少はにかみ屋だった。それが或時、「斎藤先生ははにかみっ子かしら」と云った。笑わせられたが、その疑問にはいささか出し抜かれた気味があった。先生にはたしかにそういうところがある。でも私にははにかみっ子という簡単で適当なことばが思いつけなかった。なまじっかな大人の智慧のまわりくどさなのだが、子供は素直な感じかたでさっさと先生を受取り、さっさと手取早いことばで衝いている。元来はにかみ屋だから第一にそこへ惹かれたのだろうが、なんにしても心がじかに触れていると云えるし、逆にすれば先生は子供にははっきりと映るはにかみを持っていらっしゃると受取れる。それはちょっとした笑いかた、動作、ものいいなどにひょいひょいと現われて消える。音声も身ぶりもすぐ消え過ぎるものだけれども、消えて後なお濃くその感情が先生のからだをたゆたっている。実際、ことばの捉えにくいものだが眼前していればよくわかる。しかもそれが私にも娘にもごく気易い気もちを起させて、まことに魅力あるものだった。いわば肩書のない丸腰の、ただのひと同士といったものなのだった。父もそのはにかみの如きものを見ていて、「あれはあのひとの撓いかたの一ト目盛りだ」というように云った。じいさんから赤ん坊までの幅で心がよく撓うようでなくてはおもしろい歌はできないという話だったと記憶するが違うかもしれない、とにかく撓うということばで云った。

先生は食糧事情が逼迫して来てからずっと父に米を届けてくださっていた。お国のほうからの庄内米だ。だんだんと輸送が利かなくなるにしたがってその数量は減ってきたが、「おとしよりにあまりひどい食事はいけませんから、ほんのこれだけでもと」と小さい袋を押してくださる。父は父で、「斎藤さんはおれをとしよりと云うけれど、その自分だってもう若くはないのに」と云う。そのうち戦争は拡がるし、父は床に就いたきりになった。ある日先生は珍しく小さい鞄を持って見え、「きょうは医者でお見舞に来ました」ということだった。頑固者の父がお断りする、というより拒絶というすげなさを見せはしないかとあやぶんだが、すぐ静かに診察になった。それまで先生は一度も父に聴診器をあてていない、主治医先生へ礼儀を守ってのことらしかった。おすすぎを持って行くと、先生はとても嬉しそうに快活に話しながらなにか気の急く様子で、例の紅潮をしていっぱい汗が噴き出している。複雑な興奮であることがわかる。お手水はほんの指先だけで済まされ、それを勝手へさげてお茶をさしあげるひまもなく、「お送りを」と父に呼ばれた。が、先生はそんなに急いで病室を出られたのに、玄関でぼとっと坐ったまんま深く頸を落して黙ってしまわれた。ぎしぎしと身に浸み入るものがあった。と、「さすがに――」と途切れて、「――立派です」と、何が立派なのか訊く余地を与えないきびしさがあった。帰ってしまわれたあとの頼りなさのうちに、ふと先生のはにかみが何であったかが分明になりかかる気がした。それは私にあることを固く思いかためさせるものだった。父の死には是非先生にそばにいていただきたいという願いだった。

やがて戦争は激しく、父の生命もまた激しい追いたてられかたをしていた。空襲の夜、遂に主治医先生は万一を慮(おもんぱか)って、「近い人々には知らせを」と云われた。父のしごとの助手をしていた土橋さんが、あけがた早くゲートルを巻いて先生へ連絡に行った。先生は驚かない、「私の診たとき、いや恐らくずっと以前からあのかたのからだはがたがたなのです。ただ不思議な調和で保っていたのです。今日まで持ちこたえて来た不思議ですから、不思議はまだ続くかもしれません。主治医先生の指図通りになお看病を」との私への伝言だった。父は持ちこたえた。先生はお国へ移られ、父も疎開して遠い道のりが隔たった。

先生はそちらで病まれ、お手紙や人の話でそれがわかるたび、父は寂しげに案じていた。終戦、そして疎開地から千葉県下に、ともかく東京へ近く帰って、そこで父は終った。終りのころ父の先生を云うことばは、「斎藤さんはいいひとだよ」であった。

すがの

　戦争は人に、さすらいの暮しを教えた。私のうちもはじめ信濃へ行ったが、そこにおちつけなかった。伊豆へ行ったが伊豆にもおちつけなかった。住みついて安穏をはかりたい心と、どこもここも捨てて先へ先へと誘われる心とがけぬき合せになっているのを、さすらいというのだろうか。あての無い生活には、しかしどこかに薄甘い、あとひき味があるものだった。私たちは、いずれはまたどこかへ流れ出すまでのしばらくのつもりで、国府台の裾、菅野にそのおちつかない足をしばらくとめていた。

　父はむかし向嶋百花園の近処に住み、私はそこで生れ育ち、はたちになるまで動かなかった。そのころの向嶋はもうどんどんと小工場地化し荒れてきていたが、それでも少しはいると田圃や畠がのんきにひろがっていた。細いうねうねの径、両側に生籬のしきるしもたや、末は大川へしぼれる小流れ、水芹・嫁菜、ところどころに藪、夏はそこへからす瓜・零余子がからみつく。土間の広い百姓家、井戸端に柿、貧しげな牧場、梨の棚。どこの村にもある似たりよったりな風景といえばそれまでだが、菅野と向嶋寺島村とは似ていると私にはおもえる。かりそめの空の下に見る草木は、かりそめという眼鏡のゆえに一層あざやかに眼に迫るし、折にふれての人情は待つつもりがないだけに、かえって胸を刺す。まして、そのかりそめがふるさとに繋がってものを思わせては、心のゆすられることも多かった。

起きかえるにも人手のいる父は、そういう地理・風景を聴くと、白い髯で無言にうなずいた。朝の陽は西の峰をまず明るくし夕日はかえって東をあかるくする、人も齢をとると若い時のことを多くおもいがちだと云う父にも亦、この土地に来て以来向嶋が映っているのが察せられた。流れ川のへりに木瓜(ぼけ)の咲く処はないか、土の色は紫か、春さきには田圃水に榛(はん)の木の影がうつるだろうか、そんな質問にたしかな向嶋が浮いていた。幸田という姓は近処のどこにも反応を起さなかった。それは多少の感慨もあったが、同時にちょいと舌を出したいような軽やかな、うきうきした気もちもあって、私の買物あさりなどは、かつて無い気楽なたのしさだった。

四十を惑わずというが、なかなかそんなものではない。私は四十を越してから惑い深くなりはじめていた。それまでは惑うことすら知らなかったと云おうか。時勢もちょうど戦争にかかってきているが、それからの一年一年は実に身に沁みる虚の衝かれかたをし、屈託の癖がつくと忌々しいもので、なんの関聯もなく元気でいる最中にもひょいとそれが顔を出すようになる。思う買物をととのえ得た満足ではずんで帰る道すがらに、ふとその忌々しいとりこにされて思いふければ、つい小幅に歩きたくもなる。何を祀った神様だか、終戦直後のあのときには狐格子に奉納の髪の毛がふわふわ動いていたものだった。思い屈すればそんなものにも心が動かされて、自分はもうどうでもいいなどと嘘をきどることもいらない人気の無さに、いちばい気落ちがすることも度々で、まあそんな明け暮れだった。

春だか秋だかよく覚えない、二十一年の秋のようだ。おぼえているのは自分の著たものが紬万筋の袷で、したて直したばかりだったもので、降りだした雨に濡らすのを恐れて八百屋から借りた番傘をさしていたことである。もう夕がたの、そこは径がことさらに狭く曲って、椎だかどんぐりだかが両側からふさいで暗い。人がすっと擦れ違って行った。かわしたとたんに、ちかっと見られたという気がした。大きな洋服の男が駒下駄に素足で、すぐ曲って行ってしまった。傘をささず、きつい背なかだった。風に吹きぬけられたようなものが残った。

その後、その雨のうしろ姿の人を今度は昼間正面から見て、又おやと思わされた。顔にもかたちにも齢というものが語られていないのだった。むろん三十でなく四十でない、五十だろうか、越えている。そしてそのさきは見ることができず、何をする人やら見当がつかなかった。

菅野を千葉県と聞けば遠い気がするけれど、市川のそばと云えば東京の延長と思うらしく、ようよう新聞・出版関係の人がぽつりぽつりとおとずれて、文筆人の消息も父の部屋に届くようになった。永井先生もたしかこのすぐ近処と聞きましたが、とこれが初耳だった。ちょうどその頃から土地の人も私に一種の反応をあらわしはじめたが、それは荒っぽい理解で、学士院も学習院も一緒くたに呑んでかかって来る調子だった。なんでもヨオ、玉の井のことを書いた人だってけどヨオ、ヨオヨオと云ってお百姓のばあさんがする濹東綺譚の噂は、私に旅愁を感じさせたが、道で会う人と永井さんとをつなげて思わせることはできなかった。

ある日、見舞に来た出版社の人を送りがてら、駅の商店まで行くつもりで連れだって出た路地の、撞木（しゅもく）に衝きあたるところで、例の背の高い人がこちらへ来かかっているのを見ると、「あれ荷風だ、たしかに荷風先生だ」と囁いた。全くぼんやりとし果てたすぐ目の前を、いつものやや大股な足どりが過ぎて行き、私たちは同方向の道をそろそろと従った。薄日をしょって忽ち距離を放し、はやどぶ川を越して消えるきつい背なかに、向嶋とお雪さんとがかさなり合って、なんというなつかしさだったろう。

でも、私はそういう突然のなつかしさというようなものを、さっさと消化してしまう習慣がついていた。感情は糊抜きをして萎えさせ、沢（つや）消しにして沈めることを父は好もしく思うらしく、いつかその風が私にも浸みてはいたが、やはり早く父に話したかった。省線の駅近く、女たちの混雑しているうしろから、永井さんは魚（さかな）を見ていられたようすだったが、もう私はぶしつけにそちらを向くことができなくなっていた。

父は「ほう」と目をよこしてから、話の腰を折って、「おまえはまさか、いきなりな挨拶なんぞしたんじゃあるまいね。」行きたい方へ行きたいように歩いているものを、横あいから中婆さんが飛びだして来て勝手法界な挨拶などを長たらしくやられてはたまったものではない。感興も何も一時に吹っ飛んで迷惑不愉快この上もない。「おれならいやだね」と云うのである。まさかということばは信頼を期待しているかに見えて、実は十分な不信頼をあらわしているいやなことばだ。親の見る目に違いはなく、私のなかには「まさか」と云わせる危い性癖が沢山あって、そう云われてもしかたが無いものの、こんな場合にこの頃は、まさかと自分の実際との間にどれほどの隔りができてきたかを、ひそかに勘定することで、父の当りつけることばを受け流し自ら慰めていた。誰が話して行ったのか、父は永井さんが一人で自炊生活をなさり、台処の籠を持って買物に出かけられることを知っていた。たしかに籠は提げていらした。

「お父さん、永井さんの買物籠は鹿の皮のちゃんちゃんこなんでしょうか。」「さようさ、フランス流じゃちゃんちゃんことは云うまいけれど、まずまあ鹿の皮と云っていいところだろう。」私は父がいささか羨ましげであると見てとった。鹿の皮のちゃんちゃんことは父の理想の生活のことを云うのである。人に煩わされず煩わさず、好きな道に専念し簡易な生活をする。木の実草の芽でも食は事足り、縫針のいらない鹿の皮のちゃんちゃんこでいたい。その方がうるさい女どもの手を借りるよりはいいというのだが、口の悪いある編輯者は、あんな文句屋の、うまいもの好きのわがまま爺さんが、どうして鹿の皮なんぞ一日も著ていられるものかと笑ったことがあった。私もその説に半分はつくが、半分は、しでかすかも知れないという怖れをもっていた。そうできない理由は「おまえさえもう少し安心なら」にきまっていた。運悪くいつも父のまえにいるのが私だけだったからおまえと云われるので、ほんとうのおまえなるものは私ばかりではなく、何もかにも父の気に入らない絆一切をひっくるめて云うらしかった。もちろん私は父の心配の種になる諸条件を認めないわけには行かなかったから、一ト足先に鹿の皮の永井さんは、きっと私のようなごたつく娘をお持ちにならなかったのだろうとおもう。悠々ひとりの生活をしている永井さんを考えると、父のお株を奪われたようなへんな気がするが、父は機嫌がよかった。

知らないうちこそ平気なもので、永井さんと知って困った。お辞儀とうけとれるほどに頭をさげれば、父の云う勝手法界な挨拶になろうし、いまさらまるで知らない顔にもなれず、細い径で行きあうまぶしさ。どうにも始末のつかないてれくさい顔を伏せて、黙礼するようなしないような、それよりほかはなかった。

父が私に読むようにわざわざ指してくれた本は十指に満たないだろう。濹東綺譚はその一冊である。父は新聞の連載も見ていたが、単行になって通読した。涼しい文章だと出版社の人に云ったと、あとから聞いた。私には「向嶋だよ」と手渡してくれた。当時住いはもう小石川だった。向嶋と云えば親子のあいだには無言に通じるものがあって、つっくるめて云えばひそっとした憐み合いというようなものであった。読後、どうだと云う。私たち親子ばかりでなく、この土地をこうもあわれ深く見てくれる人があろうとは。人も土地も事柄もあわれだと云った。もっと何かないかと云う。一トたび境遇を変えれば一変して教うべからざる懶婦となり、制御しがたい悍婦になる、——「あそこにはきまりの悪い思いをさせられたの。」親子は愉快に笑った。これも無言に通じあう理解があった。父の生活ばかりを云うのではない。私はただ普通の娘立ちから嫁したが、みごとにこの文章どおりになったのである。父のきびしい埒から離れて結婚の喜びをもつと、たちまち私は夫の甘さ、生活の単調に増長しだし、水の低きに就く勢いをもって懶婦となり悍婦となった。そうなることの気楽さわけ無さ、すなわち結果は明らかであった。「おまえの生活は下落している。」父はそう忠告した。

　おかしなことに私は、お雪さんを時々おすみさんと云ってしまう。雪と墨とは皮肉だと人が云うが、そんなことを云われては哀しい。隅田川は私がかぶきりの頃、初生りの胡瓜を流して河童さんへ御供養したときの、桟橋のとっぱなは透きとおった水だった。お花見時に葭簾張りのお茶屋がずらっと並んだ時分も、あの竹屋の渡しへ乗れば舟ばたは青かった。小学上級になって生意気に澄という字を覚えたからだろうが、ずっと私には隅は澄とおもう思いがある。衰えて今は救いようのない濁りを湛えた隅田川、泥水稼業のかなしいお雪さんはそっくり一ツの私のふるさとへの想いなのである。

菅野は法華寺で名高い中山にも近く、中山は俗にいう中山蒟蒻を出す処である。「蒟蒻玉は見て知っているが、恥かしいが蒟蒻の姿を見たことはない。ここに住んでいる縁で是非見ておきたい。」父は越して来るなり蒟蒻のことばかり云っていた。土地の人で貸本屋をやってるAさんが、それを聞いて季節外れを自転車で捜し、捨植えに残っていたのを辛うじて一本持って来てくれた。なつかしい馴染に会ったような喜びかたで、臥たきりの床からきずみで蒟蒻の葉を見ている。新しいものへ寄せるはげしい貪欲が出ていたが、そんなときには又もっとも強く、老いたからだの痛々しさがろ出していた。

Aさんはそれからしばしばやって来て、土地馴れないために生ずる私たちの不便をととのえてくれた。当時まだ本屋というものが甚だ少かった。商売がら永井さんへも伺うようになり、自然父のようすもあちらへお伝えしたのだろう。身のまわりに自著一冊もない父に、永井さんはお持ちの讕言・長語の初版を贈ろうとおっしゃったそうな。Aさんは父の前へ出ると何か気後れがするらしく、その取次にもことばの足りないようなところが、襖越しに聴く私に感じられた。父はもとから取次に聴くことばは苦労して聴くのだった。伝言をよこした人のほんとの心をうけとるために、幾通りにも補ったり正したり、つまり将棋でいう読みの深い考えかたをした。ことばが命の取次がまるでことばになっていない話をする、とおこっていることも度々だったが、またそうやって面倒な手間をかけて考えることが、相手の人にも取次にも自分にも親切というものだとも云った。そういう帰著に達しているところを見ると、父の経て来た道中に何があったかが逆によく見える気がして、無条件に親への敬愛に頭を下げさせられた。Aさんにはこの時どう返辞をしたか知らないが、あとで私には、「あれは自分が書いたのだから、本そのものも中味もよく知っていて、そんなに特別欲しいとは思わない。喜んで持っていてくれるのなら、私にしてはその方が嬉しいのだ。」こういう返辞の取次には辞句の復誦が完全であっても、抑揚一ツで意味は違って来る懼(おそ)れがある。

　父の筆記者であり又なにくれと重宝になってくれる土橋さんは、文芸の雰囲気のなかにいる若い人らしいものの思いかたをして、「二人の先生がお会いになっていないということが、なんだか不自然らしく云々されているのをぽつぽつ聞くけれど、後世から何とか云われても残念だ」と案じだした。私は父の口調をまねて、「そんなもんじゃあないんだ」と、その若さを押しつぶしてしまった。そのうち、Aさんは永井さんが訪ねて来られる由(よし)を報じて来た。父は、「耄碌(もうろく)して臥ているけれど、それさえおかまい無くば喜んでお迎えする」と、はっきりそう云った。私は喜んだが、父は「さてね」と云った。嬉しさは、どうやってお迎えしようというかたちになって走った。座蒲団はやぶけている、天井は雨漏りだ、畳はつかいが倒れているから落し穴のような具合である。なかば楽しく、なかば遣る瀬なく、そんな心づかいがせかせかと私を追う。「おまえもいい加減に並等の女心を卒業したらどうだ。そんなところはとうの昔に通り越してる人だと思わないかね。」私は土橋さんの若さを押しつぶしたが、父からはしょっちゅう、いつまでも青臭く若いままに婆になって行くようにあわれまれていた。

永井さんはいらっしゃらなかった。それを云うと、「待つというのは待つだけのことだが、おまえのは引っ張って来たいのを待つというようだ。」云われれば全くそうでおかしかった。永井さんと父は遂に相会うことなく終ってしまった。さすらいの旅と仰いだ空は父を永遠の旅へ誘い込んだ。仮の宿りと思った菅野は、ふるさとに似てしみじみと心に浸みた。葬儀の朝、「もし会葬者が百五十あったら、おれは世をひがむ心を撤回する」と、ながく父を知る一人が云った。百五十人はおろか、私の勘定はその三分の一にも足りなかった。父自らも生前、さびしい葬儀を予告していたのである。手伝ってくれている人たちには寂しい気が浸みだしていた。喪主である私はそれを感じ、いたわらずにいられぬ並等の女心が自然動いたが、いまは親を葬るということだけに一心でなければとこらえた。永井さんは、私がはじめてあれが荷風先生と聞かされたその路地の撞木の処まで来られて黙礼をされたとか、そのまま行ってしまわれたとかが、告別式のあと人のまばらな中で私に伝えられた。向嶋とお雪さんが、疲れた私の感傷にからす瓜の蔓（つる）のようにからんだ。やがて私は菅野を去って、焼けあとへ帰った。

その後、私は父の追憶記を求められて書いた。永井さんと父とのことは土橋さんの云ったようにジャーナリストの関心事らしく、時折それを訊きただされ、したがって私もその臆測のかたちを薄々知った。境涯・心情の差から生じるものは腹を立つにもあたらなかったが、聞いていい気もちではなかった。お会いしたのではないから、私の見て来たものは父のがわからでしかないが、書いておきたいとも思った。永井さんにお目にかかって書くことの許可をいただくのが、なすべき礼儀だった。中央公論の添書を持って久しぶりに行く菅野の道は、撒いた水が寒く凍っていた。こちらに気を置かせない優しいあつかい方で請じ入れてくださった。幾度擦れちがっても一度もはっきり見ることのできなかった眼鏡の奥が、微笑で私のまっすぐの処にあった。用意して来た挨拶を早速忘れて、私は気づまりなくそこへすわり、愚痴などをこぼしていた。七輪の火を無造作にすすめてくださったが、かざ口からこぼれた火が畳へころがって烟（けむり）をあげた。あわてたのは私だけで、「そこいら中にある焼け焦げはみんなそれなのよ」と云われた。父のことばを思った。丈の低い女心ではかえってうるさいばかりだという実証のようだった。沢山のいろんなことを通り過ぎて来た人のこだわり無さ、フランスのちゃんちゃんこだった。来意を告げると、「そんな固い挨拶なんぞあなた、何でもどんどんお書きなさいよ。」それから、礼儀ということでしばらく話してくださった。市川からここへかけての人たちが永井さんをよく知っていて、お茶を飲む店ででも往来ででも見さかいなしに話しかけて来る。昔はそんな勝手気ままな挨拶をしかける無礼な人間はいなかった、と歎かれる。「もっと人の知らない奥へ行って、いやな思いをしないでいたい。」そう云われた。私は原稿が書きたくなくなったから、需めた人へことわりを云った。

これで、菅野の永井さんと父との話はおしまいである。残っているのは、なぜ私が誰でもの云うように永井先生と云わないかだけである。かつて父は、先生と呼ばれる立場から私に云った。「先生と呼ばれるにはそれだけの心構えがいる。惜しい時間も割いてあげようし、親切心も分けようというものだ。おまえ・おれの間柄とはわけが違う。わたしの今までに先生と呼ばれて、ほんとうに気もちよくうけとれたことは多くないのだ。往々一文いらずのおべっかのつもりか何かで、容易に人を先生にしたがるやつがある。いつ先生と呼ぶ許しを受けたと訊きたいもんだ。謙遜とはどういうことか、しっかり知りもしない癖に、むやみに人を先生と呼びかけるやつがある。呼ばれる因縁を結びたくない。先生ばやりの世の中にうるさい文句を云うのは野暮だから、わたしは黙って先生と呼ばれてはいる。人はとにかく、もしおまえが誰かを先生と呼ぶならば、よくよく気をつけて押し太いところのないように、上滑りしないように、人を先生と呼ぶことを恥じないだけの資格をととのえてからにしてもらいたい。」やかましいことであったが、快く呼ばれた覚えが少いという感慨にはうなずけるものがあった。さんと云えば耳立って聞え、先生と云えば楽な場合が沢山あるけれど、釘はいやに利いている。筆を擱こうとし、はなはだ心のしおれて、なお先生の二字に思いまどうのである。

第二部　くさぐさのこと

むしん

数年前の一トころ、あまり感心しない人がちょいちょい訪ねて来るようになった。格別の用事もなく雑談をして行くのだが、初対面から人なつこくて、云うこともすることもはしはしと小機転が利いていた。いかにも上手で二三度来るうちに、するりと客間から茶の間へ滑りこんでしまって、「わざわざ店屋（てんや）ものを取っていただくのは相済みません、同じことならここで皆さんとご一緒にお茶漬をいただかしてください」などといった塩梅（あんばい）で、そんなときにはこちらに否やを云わせない押しの強さと、へんにずうずうしいところがあった。まあ不良青年とか与太者とかに分けられるかたの人なのだろうが、いずれ叩けばそれなりの埃はあるにきまっていた。

で、結局は金の無心だったが、それがわりあいに小額であった。小額であっても無心は無心であり、こちらには無心されるほどのひっかかりも親密さもないのだから、いざ切りだされてみると、そのずうずうしい申し出は決して快いものではなかった。

　ところで、当時私のうちには世故馴れた女どしよりがいて、かねてから金の無心を受けたときのことなどを聞かせてくれていた。「出すも出さぬもことば少（ずくな）がいい。ことわるときは一ト言で済ませてしまう気でなくてはだめだ。出すときにはとかく説教がしたいものだが、決してその説教をしてはいけない。こちらは説教をしているつもりでも、しゃべっているあいだに腹を読まれてしまう。腹を読まれたのがきっかけで、無心は二度三度とあとを引きがちだ。ことわることばは一度で済ませ、出す金も一度で済ませなくてはだめだ」ということだった。

　それで私は、何ほどでもないその金を、「はい」と云って、煙草をわたすような平安な気もちで渡した。金を受取ると客はすぐ座を起ったが、それは夜の十時を大ぶまわっていた。

　こういうことというものは、いくら私が煙草をわたすように気易く渡しても、それから対手（あいて）が無心馴れていて易々と受取って帰っても、隣室にいる家人には忽（たちま）ちそのけはいが映ってしまうものである。玄関へ送りだして、家人はなにか気づかいらしく、すぐ門を締めようと云う。「そうね」と賛成しながら、私はその男がどんなふうに歩いて行くか見たくなった。

　そのころ私は横町の奥に住んでいた。路はまっすぐ半町ばかりで大通りへつながっていた。万一その男がふりかえって、見送っているのを見つけられるのはいやだったから、用心して門燈を消し、近くの電柱に隠れて見ていると、彼は両側のところどころの燈に浮いたり翳ったりして遠のいて行った。大通りの角にはやや大きな街燈があるが、そこで彼はくるりと廻れ右をし、こちらへ向いてぴょっこりお辞儀をした。おやと思わせられた。私のいることは多分知るまいと思うのだが、そこはこの種の人の勘があるかもしれないし、又あらかじめ知っていての上の行動であるかとも取れる。あるいは崩れた人と一トロに云われる人たちのこれが単なる仁義か、あるいはかえって単純な心からなるものなのか、と思いまどわされる。しかし、遠い街燈に見えた、ぴょこんとからだを二ツに折っぺしょったお辞儀には、訴えてくる哀感のようなものがあった。

そのことがあってから私に癖がついた。玄関で日常生じる、押売などとのごたごたしたやりとりのあとでは、それとなくその仁の見送りがしておきたい癖がついたのである。少くもどっちへ行くかぐらいは知りたいのである。

押売にはいろいろある。泣き落し、おどし、教訓調、無言でじろりと見る陰気型、一人でしゃべりまくる陽発独演型。帰るときもいろいろである。むっつり型、ふんと云う軽蔑型、ぐず型、捨ぜりふにも呪い型、それまでは丁寧でいて帰りぎわに猛々しくなる豹変型など。あちらは押売ろうとし、こちらは押売られまいとする相反する二ツのものの縺れだから、これはどちらにとっても愉快なはずはない。ことに押売れずに帰る者は時間的に損失をしたわけだから、さぞいやな気もちなのだろうが、それがおもしろいことに、彼等は往来へ出れば案外けろんとした表情になって、すぐ次の訪問先を物色するのである。軒なみに行くのかとおもえば違う。こうべをめぐらして、あたり近処の家相を卜(ぼく)しているもののごとくである。寄って行く家と行かない家はほぼきまっているのではないかともおもわれる。彼等同士に連絡があるのなら、私の処のように毎々かならず買わない家には来なくなるわけだが、やはり来るところを見れば、これは虫の好く家、好かない家があるものとしかおもえない。

そう思って見ると、私の家はどことなく口を明いてるような顔つきの家である。建物がそうなのか、住む人の如何によるのだか知らないが、家はぽかんと口を明けている甘い恰好である。家並のなかには健全な神経が隅々まで届いているなとおもえる家は、そう沢山はない、八方破れの構えもあるし、堅固でいながら鵯越(ひよどりごえ)の奇襲にはいかれそうに見える家もあるし、耳はぴんと立っているが眼はつぶれているという家もある。たしかに蟻の寄る甘い家というものはあるようである。

去年の春、といってもまだオーバーのいる頃だったが、私の外出中に、風呂敷包み一ツのしょぼんとした男が来て、金銭のことでくどくど話したが、ことわったというのを留守番から聞いた。傷害罪とかで東北の刑務所にいたときかせ、上京したが東京人は薄情でこりごりしたから、捨てた故郷ではあるがも一度帰る決心をした、ついては仙台とか秋田とかまでの汽車賃をくれ、たった片道でいいのだと云った由(よし)である。

その後また来たので会って見ると、一見してこの道の経験者であることもわかるし、相当に応対ずれがしていることもわかる。だから、もうはじめから私はことわる気になってしまったし、向うはだんだんしつこく食いさがるし、玄関は多少活潑にごたごたした揚句、彼は例の誰でもがする捨ぜりふで出て行った。

　砂利の往来を遠ざかる一ト足一ト足を私は板の間にすわったままで、耳の伸びるかぎり確かめておいてから起ちあがった。「念のために見送っておくから」と家人へ一ト言云って、小路から大通りへ抜けるところまで行って見る。大通りはその四五十歩さきで緩くカーヴしながら、ちょっと昇り坂になっている。彼はちょうどそのカーヴにかかろうとするところを歩いていた。ひとの家の塀をこするほどの端っこを歩いて行く。ねじの緩んだような足どりで、少しからだを横振りさせている。

　私は大っぴらに見送る気でいた。彼の背なかは憤慨とか立腹とかを示してはいなかった。落胆、かなしみなどのようすもない。ただ背中いっぱいの無気力を見せて、「つまんねえな」と云ったかんじだった。

　やがて曲って見えなくなるだろうとこちらは気易く見送っていた。夕風が裾寒く吹いている。と、ぎくんと彼は立ちどまった。一ト息二タ息、息を呑むようないくらか堅くなったかたちで見ていると、なんのこと！　彼は向う向きのそのままで、ちょうど犬がかけ小便のあとで後肢（あとあし）で砂を掻き飛ばすあれと同じことをやった。こまかい砂利をじゃりんじゃりんとうしろへ掻き飛ばしたのである。理非を超えて、その後肢砂かけアクションは滑稽であった。声は嚙み殺してもおかしさはどうにもならず、私は顔じゅうが笑ってしまったが、彼のほうは四五度もそうして砂利を掻っぱくと、道の右側を離れ、ななめに通りを横ぎって左側の端っこへ移った。さも小便をひっかけたほうの側はもうきたならしいから、歩かないんだぞというふうにとれる。

そのとき、そのすぐそばを自転車が坂道の惰力で、ひゅっとすれちがって行った。つられたように彼はうしろをふりかえった。私は明けっぱなしの笑い顔をひっこめる間もなかったし、彼のほうもへんな狼狽のしかたと弱々しい驚きの眼色を隠すひまがなかった。こちらは強情にもぎごちなく笑ったままでいたが、あちらはうなだれて風呂敷包みをいじってい、そろりと方向転換をすると、急にさっさと歩いて行ってしまった。あの背なかは悔やしいと思っている背なかだろうか、と見送りつくした。

気もちはそのときそれですっきりと晴れあがったにもかかわらず、置いて行かれてしまったものは、ぴりぴりする残冬の凍（いて）のような哀感である。

おふゆさんの鯖

おふゆさんが仕立物をしていると干物屋が来て、鯖のいいのがあるからと勧める。やもめの物売で、なじみだった。おふゆさんも若くから後家で通した人だから、情にひかされて大抵は買うことにしていた。けれども急ぎの裁縫の手を置いて起つのが面倒だったし、買えのよすのの押問答も億劫なので、「お金はこのつぎにいっしょ、さかなは二枚ばかり貰っておくから」と云った。

新聞紙でくるりと巻いた包みを上り端へ置いて干物屋は出て行き、おふゆさんはしごとを続けていると、どうもそちらから流れて来る風がいい臭いではない。ごはんごしらえのときになって、それを火にかけて見ると、はたしてよくないという以上である。が、おふゆさんは勇敢である。――「多少ぴりぴりしたんですが、しごと賃に換えて考えてみれば廉いさかなじゃありませんもの、そう簡単に棄てたんじゃ冥利がわるい。でも半分でよしました、唇まで痺れてくるようなんでね。いえ、別におなかなんかなんともありません。

高いさかなでおなかをこわした上に、薬だなんていやなことです。病気になるまいと念じてたべたんです」と云う。聴いていた若い人たちが、とてもかなわない、凄い勢いだと辟易していた。

この後しばらくのあいだ、うちではみんなの意見がまちまちなとき、「ここは一ツおふゆさんの鯖で行こうじゃないか」と云って呑みこんでもらい、「ただし跡腹(あとばら)病まないでもらいたい」とつけ加えてけりにすることがはやった。

これだけだとがむしゃらな婆さんという感じだが、おふゆさんは潔癖というほどいつも台処がきちんとしていて、ルーズなことは嫌いだ。「私はたべものは決して人様に勧めないことにしているのです」と云うのである。そこを考えあわせてみると、齢をとっても強情っぱりな気象と同時に、年功を経た味い深い人がらも見え、またも一ツにはおふゆさんが育った年代――教育の――がはっきり出ている話だとおもうのである。私をも含めてそのころ教えられた料理の初歩には、要点が二ツしかない。一ツはまっとうな味を知ること、つまりいかに正しく料(りょう)るか、も一ツは厳しく腐敗のもの、毒のものを知ること、つまりいやなものを排除すること、この二ツであった。正しい味と毒のものとが併行して教えこまれたのは、おもしろい含みだとおもう。

私がはじめて台処をしたころ、腐ったものを棄てようとしたら、「なぜ、そう無考えに棄てるのか。粗末なことをする」と咎められた。腐らせたものは不行届でくだらないが、よく見もしないで棄てるのはなおくだらない、腐るということをろくに知りもしないくせにときめつけられた。折角と云ってはおかしいが、折角腐りかかったのだから、眼と鼻と舌と手でよく覚えておけと云うのである。原始的であるが、経験を重ねてだんだんにその感度を高くして行くやりかたなのである。科学試験には遠かった時代であるが、しかし現在でも私の台処では科学的に化学的に腐敗を立証するのは程遠いのであって、依然として原始的な眼と鼻と舌と手による大ざっぱな鑑別法でやっている状態であるから、三四十年むかしのことを嗤(わら)うわけにも行かないのである。

おふゆさんの鯖の話も、そういう教えられかたでだんだんに腐敗の度なども熟知しているからこそ、あえてした強情だろうが、たべものは二度重ねて人に勧めることをしないというのだから、そうした強情の限度というものも、またよくよく知りきっているというものだろう。

このごろは中毒事件が多い。毒になるたべものをたべさせるほうの業者たちはもとより心臓が麻痺していると見るが、たべるほうの子供たちはいったい腐敗について教えられたことがないのだろうかと訝しいのである。もし毎日三度たべるたべもので、腐敗の味や臭いや感覚を教えられていない結果がこうした中毒になるのだとすれば、中毒の一半の責任は親たちにもあると思う。いいおいしいたべものもいいが、子供のときから腐敗のもの、毒になるものについて厳しく教えるのは必要だとおもう。

風の記憶

五月の末だったか六月のはじめだったか、そこの記憶がはっきりしていない。極上のお天気でまっぴるまで、――それは影が足もとに縮まっていたからそう承知しているのだが、――そして千葉街道がずうっとまっすぐに白く伸びていた。街道筋はどこも埃っぽいというけれど、さすがに東京を離れた土地は陽も風も肌へすっきりと来るのである。陽は大空から肩へ直線で降りてきているという感じだったし、額へさわる風は出来たての風とでもいうような初々(ういうい)しい風だった。実際また出来たてと云えるのである。なぜなら、今あの樹あの家屋からふうっと生れ出て吹いてきた風だとわかるからである。なぜそれがわかるかと云えば、街道には緑の樹、黒い屋根、店屋(みせや)の赤い旗や縞の陽除(ひよけ)がずうっと見通せるのだが、その緑の樹がいちめんの金粉のようにきらきら光ると見ると、つぎには黒い屋根が金色になる、つぎには店屋の旗が金色になる、そのつぎ、そのつぎと次々だんだんにまぶしく金色になって、すぐそこのポストまでばあっと光ると、そのつぎには私の額がさあっと爽やかな風を感じるからである。まぎれもなくこの風は、今の今、あの樹から生じたものであり、さっきの風はあの屋根から吹き出てきたものであり、その出生とその通路とはちゃんと金色で証明されているのである。私は快さだけを心へ詰めこんで、頭はまるでの空っぽにして歩いて行った。まったく気もちのいい道だった。

そこは中山の法華経寺に近い国道で舗装がしてある。五町ほどもまっすぐに見通せる道で、そのさきはカーヴして消えている。もちろん道は両側へいくつもの横町や路地をもっているが、千葉へ向いて左側にはいくぶん右側より路地が多いようにおもう。私はその左側を歩いていたのだが、そのへんには道ばたに三ツ四ツ池がある。蓮池、睡蓮の池、それに食用蛙のいる池、蘆の生えている用水池などで、池ごとにかならず路地がまわっていて、またきまって池の奥には一トかたまりずつの住宅があった。私はその食用蛙の池の奥の一軒へ行こうとしていた。道の景色は申しぶんなく初夏の平安と愉快に充ちていた。そして私もなんとなく若やいでいた。アスファルトのうえにはトラックや自動車がびゅうびゅうと行き交う。そこをジープが更にさっと飛ばして行く。ふだんはいやだと思うそのスピードさえが、ちょっとおもしろく思えて、私はだんだんと食用蛙の池へ近づいて行った。

近づいて見ると、ちょうど池のまえの歩道から池の奥へ折れる道にまで、人ひとりが通るくらいな幅を残して筵を敷き、麦が乾してあった。麦は扱いだばかりなのであろう、粒がみずみずと大きく、いかにも米・麦と数えられる五穀のうちの二位という格を見せていた。どの筵もきれいに平にならしてあって、都会育ちのものにはちょっと目を瞠る眺めであった。私は麦に見とれていた。と、あたりがしいんとしたように思った。見ると、あれだけいつもひっきりなしに走っている自動車がとだえていた。ずうっとあちらのほうまで自動車がなくて、ただいちめんに陽があたっていた。こういうこともあるものだなと、なにか感歎のようなものが浮きあがってきたとき、カーヴのところからゆらゆらくなくなとした、人のかたちに似たものが出て来た。何なのだかまるでわからないものだった。二階家よりも少し丈高く、街道いっぱいに両手を拡げた人のかたちであるが、それには首の部分はなく、足のほうは一本に窄まってい、輪郭だけに薄く茶いろの色がついていて中は透明である。そして、ゆらゆらぐねくねとからだを捻って、酔ったような踊るようなようすでこちらへ近寄って来るのである。しいて云ってみれば、輪郭だけに茶いろの縁どりをした透きとおったなめくじに、両手を拡げさせて起たしたとでも云ったらいいだろうか。白昼だと云うのに、私は動けなくなってしまった。

　そのあいだにもそのものは進んで来た。すぐそこに、私と反対の歩道をこちらへ向けて歩いて来る男がいたが、背後へ来る変なものにはまったく気がつかないらしかった。あと心に叫びたくていながら声にもできず、そのものはにゅるにゅる進んだ。たしかに縄のようにくるくるにゅるにゅるとよじれているようだった。男はよろよろっとして立ちどまり、髪の毛がひどくばらばらになり、ずぼんが皺になってからだへ貼りついた。私は石になって立っていた。いきなり、ぐいっとこたえて、顔と云わず手と云わず砂だか何だか痛いものが吹きつけ、腰から下の著物がばさばさきゅっと煽られたのか締めあげられたのか、脛に摩擦するような感覚があった。それはほんの一時のことで、すぐ私はふりむいた。トラックが走って行くと、そのものは人間がするように腰をくねらして道の向う側へトラックをよけた。家並十軒ほどの向う側に八百屋があったが、そこの陽除にたてかけた葭簾が二三度ばさばさとゆすぶられて、そのままずらずらっと横倒しにされ、大きな音がした。なかから八百屋のおじいさんが飛びだして来て、ばかづらでぼんやり往来を見まわしている。そのものは少しさきの交通信号標のある十字路のところで、にょろにょろよろめき、あたりの紙屑ごみ屑を大渦に巻いておいて、急にするすると空へ消えてしまった。

そこでやっと、それが竜巻のごく小さい、孫ひこやしゃご位のものだろうと気がついてほっとしたのだが、それまで私は正直に云って、痴呆にちかい恐れかたで固くなっていた。足もとの麦はいたずらっ子が引っ掻きまわしたように乱れ、幾分かは池のなかへこぼれたらしく、筵からはみ出していた。池の曲りかどにある道祖神のうしろの篠竹も、新芽を揃えて将棋倒しに寝かされていた。

もう道はちっとも快いものではなくなった。なにしろ早くこのことを誰かに報告したかった。せかせかと目的の家へ行って、ひとくさりその話をし、又せかせかと帰って来た。その私の通ったあと三十分して私の娘が、これは自分用の出さきから、やはり池の奥の家へ別の用向きで立寄って帰って来た。そこで聞いて来たらしく、「かあさま、竜巻にあったんですってね。私も見たかったわ。」

笑いながら、「竜巻のせいかどうか知らないけれど、私が通った時ひょっと見ると、あそこの道祖神のうしろの藪のところに真新しい千円札が、ばらばらと三枚落ちていたのよ」と云う。「よっぽど拾って届けようと思ったけど、さきを急いでいたし、それにもしかすると道祖神へあげたのかもしれないから、それなら触らないほうがいいだろうと思ったし、それよりもね、そんなことちょっと考えているうちにいちばんきつく思ったのが変な大時代なことなのよ、学校で習った十八史略なのよ。道に遺をひろわずってあれなの。漢文ていうもの、そんなときにふしぎな強い語調あるわね。」

道に遺をひろわず！　へーえ、と竜巻のやしゃごの孫くらいなものに驚いてこちんこちんになる私は、あらためて娘のタイトスカートの姿を眺める。十八史略か！　と思うのである。

記憶というものには、事がらに附随して季節や人の話声や顔つき、色、味、触感、重量、いろんなものが残っているのだが、女はよく著物の柄など覚えていることが多い。私もあのときあの著物を著ていたという覚えがたくさんあるのに、めずらしくこの記憶にそれが欠けている。脛に著物がきゅっと纏いついた触感があるのに、その著物を覚えていないのである。それだのに、ばかなことに、竜巻の輪郭のあの薄茶いろはきっと巻きあげられた砂埃とごみの色なのだと、あて推量などをしているのである。

金魚

ことしは金魚屋がマイクをつかっていた。「金魚というと死ぬものと相場がきまっております。それが死にません。廉くて丈夫で死なない金魚」と呼ぶ。せいぜい二三日という経験をもつ人が多いのである。でも、たとえ二三日しかもたないと知っていても、新しく金魚と聞けばちょっと心を釣られる。それで、お金と洗面器を持たせ、口上どおりの廉くて丈夫で死なないのを買って来て頂戴と頼んだ。「器械ってほんとにへんなものですねえ。マイクでしゃべられると、ほんとに死なない金魚みたいな気がしますものねえ」と、お手伝いさんは出て行った。

私はちょいとまごついた気がした。お手伝いさんの感じによれば、マイクは嘘をほんとに聞かせる魔力をもっているかのような口ぶりに聞える。これをひっくりかえすと、マイクという器械が信頼を贏ち得ているということになる。

白い洗面器のなかは夕やけのように赤く映っていた。十一ぴきいて一ぴきはおまけだそうだ。四十年もの昔、私が子どもだった時分から駄金魚だと十分よく知っている昔がたのものだった。昔なつかしい気もするが、また思えば金魚だけは昔のままにいて、自分ひとりが年を取って損をしたというような、おかしな気もちが動かないでもない。家人はすぐにもう品定めをして、それぞれの贔屓がきまったらしい。私にはおまけがいいと云う。おまけは一段と小がらで、痩せていて、小づらにくいほど敏捷で、器のなかじゅうをわがもの顔に、襷（たすき）にかけてつんつん泳いでいる。いかにもおまけおまけして、餌をたべるときなど厚皮（あつかわ）にこせついた。

そのまま三日ほどたった。「ほんとによく生きてるよ。死なない金魚だわ」と云われる。死ぬのを待っているみたいな、死なないのが期待はずれのような、しかし生きているのを喜んでいるようにもうけとれる複雑な聞えかたがした。

金魚に猫はつきものだ。うちには二匹の猫がいるが、二ツとも洗面器のまえにすわっては、耳を伏せ、飽きずにじっと見つめている。見ているうちにひとりでに前肢（まえあし）のブレーキがはずれて、ちょっかいが出てしまうようである。そのたびにきびしく叱られた。それでも猫はしつこくそこへすわりこんでいて、しまいにはそのまま潰れて寝入ってしまうこともある。十日ほどもしたあとは、これは取ってはいけないとすっかり覚えこんだらしい。

金魚のほうも人の声や足音を覚えて、餌をほしがって器の縁へ寄りかさなって来ては、口をぱくぱく、水をぴしゃぴしゃさせ、なかには水の外へぐんと頭を突きあげるのもいた。

黒い眼が二ツずつ、まあるい口が一ツずつ、赤い鰭としっぽをくねくねさせれば、器のなかの水はいのちに溢れて軽くさざめく。駄金魚もいっそ気取りがなくてまた愉しいのである。

二十日を過ぎた。「あきれた金魚だ、まだ死なない」などと、半分は真実へーえといった感心、半分は彼等の頑健を祝福してそんなふうに云われた。金魚は丸く太くて、ことにおまけがめざましく大きくなった。私は彼等を呼ぶのに何と呼んでいいか困った。金魚さんやと呼ぶのもうまくないし、金公もへんである。呼び名がないことはなにか片便りのようなじれったさがある。しかし猫どもと金魚との交驩は、なんとなく成立していた。猫は自分たちの小さいコップから水を飲まず、金魚の大きい器からばかり飲む。猫が水を飲みはじめると、金魚はこぞって浮きあがり、ほとんど脊鰭で舌をこするほど近くを通る。猫に舐められてよろけたようになるのもいるし、猫のほうが顔負けして水飲みを一時中止するときもある。滑稽で、猫もかわゆく金魚もかわいかった。

「おまけだなんて云うの、よさない？　かわいそうな気がするもの」と云う娘の発言にみんなが賛成した。ただ賛成すればいいのに大笑いに笑って賛成した。しかし、笑ったあとがちょいと変だった。めいめい自分たちもどこかおまけ的なものをもっているような気がしたし、それは「おまけおまけってばかにするけれど何だい。ちいっと小がらだという以外には眼も鼻もちがったところはないやい」といった、桂馬筋の力みかたへつながっているように感じる。云ってみれば、思いがけないおまけの筋をぴんと引っぱられて、指のさきだか口のはただかがぴくぴく引っつったようなものである。おまけとはいったい何だろう。

毎年、お盆の前後が暑さはいちばん烈しい。夏もまっさかりという感じである。さすがに金魚も暑いかして、日ちゅうはものうく動いた。夕がたのすず風が立つころになってやっと浮いて来るような日が、二日三日と続いた。そしてその夕がた、気がつくとみんな元気になったなかに、おまけだけがぼんやりしていた。それでも餌をやる声をかけると、ぼんやり気がついたふうに寄って来たものの、食欲旺盛のほかのに阻まれると、へたへたとうしろへ押しやられたなりそこにじっと浮いている。水はおまけのいまわりのところだけとろりと濃く、まるで重みを含んでいる異質のもののように見えた。翌朝はもっとずっと悪くなっていた。いのちがあるというばかりの状態で浮いている。

「おまけおまけって云われながらこれで死んじゃうんでしょうか。私は身につまされます。とうに五十を過ぎて、ときどきは息子たちにもおまけの人生だなんて云われ云われしてるんですから、これで死なれちゃいやな気もちです」とお手伝いさんが云う。

誰もおまけのいのちを案じているが、いまはおまけという名がよけいで、すなおに「おまけどうした?」と訊けない心もちがある。別の鉢へ移したが、その日はことに暑くて、その暑さも頂上の一時過ぎ、おまけは突然狂ったように横転して、故意かとおもわれるばかりに方々へ頭をうちつけて悶えた。そしてそれがとまったら、平たく浮いてしまった。同時に魚のまわりの水はぴたりと板になった。どうせだめなら試してみようというので、仁丹を二十粒ほど落した。薬が溶けはじめ、香気が水をつらぬくらしかった。見ていてもおまけの腹はぴたりと動かない。あきらめて、――けれども、すぐには棄てられもせず、そのままに置かれた。しばらくしてひょいと見れば、おまけは底へ降りて、溶けた薬を一心にたべている。けろんと元気になった。薬で赤く染った水は、おまけといっしょにさらさらと軽く動いている。

「やあ、おまえ生きちゃったのか」と云われた。助かったから、おまけはやっぱりおまけで通すよりほかなかった。

ことしは早い颱風だと警報が出た。まだ遠い颱風ではあるけれど、天候に魚は敏いものだ。洗面器のなかに飼われても、金魚がいかに小魚でも、魚の本能は失っていない。恢復したおまけを入れて十一ぴきの全員は、暴風まえの食いだめを促されて、足音のたび、声のたびにしきりに器の縁へ寄りたかって餌をせびった。子どものだだっ児というようすだと云いあって、人は人の食事をはじめたけれど、暑さ負けの人には金魚の食欲はなかった。たべていて、ふと縁に猫の影、――それもうちのではないという直感で、影を見たようにおもったときは、もう遅かった。荒らされた。赤い小魚は顚倒して右往左往に走り、呼び声にも餌箱の音にも信用を置かなかった。

一ぴきは影ものこさず足りなくて、もう一ぴきはおまけが胸鰭とえらをやられて、片泳ぎになっていた。剝がれた赤い鱗がきらりきらりと沈んだり煽られたりしている。傷められたおまけは金魚の名に背かず、器のなかにただ一ぴきの美しさをひろげて片息でいた。こんどこそおまけは死んだ。傲りもなく、しかも美しさをとどめて死んでしまった。

私たちはおまけもかわいそうだと思ったが、もっとしんみりつらかったのは、いなくなったそれをどうしてもはっきり思いだすことができなかったことである。あんなに一ツ一ツ丹念に見つめ、そして一ツ一ツに平等な餌のやりかたをしようなどと、心づかいのたけを見せようとしあっていたにもかかわらず、こうなってみると、さてどれがいなくなったのか思いだす手がかりは誰にもなかった。かわいがりぶって、ごたくを並べていたって、なんにも知っちゃあいないんじゃないか？　おまけだけが死んだのじゃない、形（かた）もなく持って行かれたというのに、おまけだけが金魚の名に背かない美しい死の代表のように思うとは。

その晩からかけて翌日は、予想のとおりざっざという降りだった。魚は餌にもつかず、えらさえあまり動かさず沈んでいた。そうした嵐の雨があがると、木の葉は青く洗われ、土は黒くよみがえり、九ひきにへった洗面器のなかもやはり花やかに赤かった。実際の季節より暦は一ト足早い。それよりまた一ト足早く金魚のさやかな鰭に、私は秋の気落ちを感じている。

午後

客を待っていた。春特有のとろっとした午後で、部屋はかたづけをし庭も掃いた。山吹の黄と小でまりの白と両方がかゝ細くたわんで、無風だからか細くてもちゃんと落ちついている。空気が濃いような感じなのである。

客は二人だが別々に来た。四十を越して独身の男と、それより一ツ年下の寡婦とである。私が知っては五六年なのだが、二人は若いときからの間柄である。もつれるくせに繋がらない、長い間柄なのである。はじめ男が想った。想っただけで云わなかった。女は察していたが男の弟と親しくし、その弟が若くて亡くなると男の友人と親しくした。そしてやがて、まったくの見合結婚で海外の赴任地へ渡って行ってしまった。男はその数年間を、あるときはひとり燃え、あるときはひとり冷え、女の結婚を機にして気もちを新しくした。新しくできたと思った。私はそのころ、ある出版のことでこの男を知った。そして装本のことでその弟の遺文集を見せてもらい、彼のあとがきを読んでいるうち、「絹子連日看護に通う」という一行だけで、彼等三人の感情のもつれを直感してしまった。彼は虚を衝かれたかたちで、つい訊かれていもしないことを話してしまったし、私も思わない打明け話を聞いた。それはあっさり話されたが軽い味ではなかった。男はその後、恋愛もし、縁の話もつぎつぎに持ちこまれ、自分も結婚する気なのに、いつも結局となるとこわれてしまう。私も三人ほど話を持って行ってだめだった。かと云って、前のひとのゆえでもなさそうだった。すでに若いそのときから二十年もたっていて、万事しずかに納まった男盛りである。女は終戦後ひきあげて来た。男はさすがに幾分せかせかして私にその報告をしたが、しばらくするとげんなりしたようすで、「女の人っていうものは戦争があろうが歳月が流れようが、頑固に変化しない若さをもっているものですね」と云った。女は引揚から生活の不安、病苦、離婚、就職とだんだん苦しく、だんだん暇のない日々になって行って、だがそのわりに若さ美しさを保っていた。男の云った頑固な若さということを、私は考えないわけに行かない。するうち、女はあきらかに男へ傾いて行った。男はちっとも動かない。だから何だかだと当人たちもはたも、もたもたと行違いを生じた。それで、昼間は誰もいない私の家を借りて、はっきり話しあおうということになって、私は承知した。

お茶一ツ持って行ったきりで私は台処に引込んでいた。台処は夕がたになると花やいで明るくなる。西に窓があるせいだ。時計がなくても時間はわかる。私はそろそろ豌豆（えんどう）の蔓（つる）を取ったりしはじめていると、女が泣いた顔で帰る挨拶をした。

「男って、むかしの気もちなんかかけらほども残しちゃいないものなんですね。私にはわかりませんわ、ああした変りかたは。」——そういう話のなかには、二十年間に男のしあげたしごとの業績など、まるで無関心でまったく認識していない愚かさがある。

男は煙草を吸っていた。

「あのひとの時間は二十年前に停止しちまったんじゃないかな。僕はちょっとでも何か進歩があればと思って捜したんだが、だめだった。」——私は自分に云われているような痛さで聴いた。話のつぎほがなかった。

庭を見て、おやと思った。花が荒れていた。山吹も小でまりもへんにたくさん散って、たわんだ枝がへし折れている。まさかあのひとがこんなことを、……

「ああ、あれですか、猫ですよ。さっきどこからか小さいぶち猫が来て、花の虻（あぶ）へ飛びついて、……何度も何度もだもので虻は逃げちまったけれど、猫は枝の起きかえるのがおもしろくなったと見えて、ずいぶん長くやってましたよ。」

それから声を落して、「花は台なしになったけど、そのおかげで僕、あのひとに憎まれ口利きたいのをこらえきった」と云った。

私は返辞をしなかったが溜息が出てしまった。少し風が出てきたらしく、白い花の枝がゆらぐ。それは折れていない枝であった。

知らない顔

女はずいぶんよく鏡を見ます。おしゃまなら四ツ五ツの豆っちい子供のときから、もう鏡を覗きたがります。そうして、そう六十を過ぎても、まだ鏡は御用済みにはなりません。私の知っているある御隠居さんはそのとき七十を過ぎていましたが、隠居所の納戸に小がたのきれいな三面鏡を持っていて、朝晩二度きちんと断髪へ櫛の歯を入れていました。「女はやっぱりおしまいまで、鏡を見るほうがいいんじゃないでしょうかね。あたしはもうこんな男のような髪ですから、櫛さえあれば用は足りますけど、鏡は一生の友だちにしておきたいんですよ」と云うのです。

女は鏡が好きなのです。鏡に映すというより、鏡に映った自分の顔なり姿なりに逢うことが好きなのです。四ツ五ツの豆っちいときから六十七十のおばあさんになるまで、いったい何度鏡を使うでしょう。使っても使っても鏡は新しく映してくれますし、自分もまた飽きずに自分の顔に逢いつづけます。自分の顔はもう隅から隅まで知りぬいているはずです。けれども、どんなによく鏡を見るひとでも、決して自分の顔をことごとく自分で承知しているというわけには行きません。自分の知らない顔というのがあるんです。

私もおしゃまで、豆っちいときから鏡が大好きで笑われたほうの組なのですが、そして自分がどんな顔を造りつけられているかおよそは十分に承知しているつもりだったのです。それが五六年まえのあるとき、妙な行きがかりで、写真を撮るかたと言い争い——と云えば大袈裟になりますが、ちょっと気まずい会話になりました。私はそのとき気がふさいでいて、写真など撮られたくなかったので、ついぶしつけなことを申しました。「よく映してくださってても悪くお撮りになっても、私そんなにおもしろくないんです。失礼ですが、映ったものは大概、私自分で知っている顔なんですもの。」

そんなことを云われれば、あちらはいい気持でないにきまっています。この傲慢ばばあ！　と思ったかどうか知りません、さりげなく、「そうおっしゃるようじゃ御自分の顔はずいぶんよく知っておいでなんですね。」

「——と思います。九十九のほかに一が残っているとは思いますが。」ここまで私も強気に出ようとは考えていなかったのですが、ものの弾みですが、もうあとへは退けなくなりました。

あちらもそこまで云われては喧嘩をしかけられたも同然です。「おまえには私の知らない九十九以外のたった一ツの顔なんか映せまい」と侮られたわけなんですから、退くに退けなかったでしょう。さすがにむっと立腹を見せて、「それではそのあなたの御存じない顔をひとつ映させていただきましょう」と云います。

「おもしろござんすね」と私。両方とも売りことばに買いことばです。

男ですね、そのひとはこう云いました。「ぼくは女のかたを映しに来たんですから、たとえ御本人の知らない顔という難題を与えられたにしろ、意地悪く醜く映すなんてことしたくありません。なんとかしてあなたの御存じないような美しいあなたを撮ってお眼にかけるつもりです。」

はっと、斬られたと思いました。

「きょうはぼくも多少気が立っていますから、これで失礼します。あしたお伺いして撮りましょう。」

これで私は二の太刀（たち）を受けてしまいました。玄関へ送りだして行きながら、ひしひしと後悔していました。ひとに云われなくても、自分が傲慢ばばあめと云いたいのでした。自分の顔を自分は大事にせずに、逆に言い争いの対手（あいて）から大事にされていると思うと、自分の顔がばかにみすぼらしく思えてたまりませんでした。鏡は正直にそういうみすぼらしい私の顔を映して見せていました。しようがないので私は鏡のなかのみすぼらしい顔へ笑いかけて慰めてやりました。「素直に、きょうは気分が晴れないからいやなのよ、と云えばよかったんだ。だからきょうはしくじったけど、あしたは素直にすればいいんだ。素直にあやまればあっちも勘弁してくれるかもしれないんだ」と。

翌日私は、「ごめんなさい」と申しました。

「女のかたにしてはかなりひどいことを云う人だと思って、ぼくもむかっとしました。でも帰る途々考えたら、あなたの云うのは尤もな点もあるんです。きょうはひとつ、知ってる顔知らない顔で中よく争ってみようじゃありませんか。」

さっぱりとして私も、「おもしろいわね」ときのうと同じことばをつかいました。私はどこに私の知らない顔がころがっているかと、ほんとに興味深く、素直にその人の云うなりの位置について撮られていました。

その写真くらい、できあがりの待たれた写真はないとおもいます。何本撮ったでしょう、くたびれるほど撮られたのですから。そして冬だというのにその人は汗を掻いて、しまいには、上著を脱いだのですから、おそらく何十枚、あるいはそれ以上のだめな写真を出して、一枚だけが私に届けられて来ました。たしかに私の顔でした。でも私があまり逢ったことのない顔でした。というのは、それに似た顔なら私も知らないではありません。ですからまるで知らない顔ではなくて、ときたまにはそれに似た顔を知っているのです。でも、似た顔とその顔とはてんで違うところがあります。私は醜い顔としてそれに似た自分の表情を知っていましたが、その写真は微妙なところでそれを美しい顔にして捉えていました。まさに私の知らない顔がそこにありました。その写真に見入っている私の心中をお察しください。

さらにもう一ツ驚きを御披露しておきます。そんな事情を何も知らないある写真家がそれを見て、何と批評したとお思いになりますか。「これは映すほうも映されるほうも、おそらくその瞬間、両方とも素直だったと思えるね。」

私は自分の顔にうぬぼれて申しあげているんじゃありません。傲慢じゃだめだって云っているんです。自分で知っている顔なんか、狭い限度でしかないのです。こちらが素直なとき、よその人が見てくれている顔にこそ、なにかいいものがあるんじゃないか、と云いたいのです。鏡もそこまで映してくれるといいがな、と思いませんか。

二月の味

熱いもの濃いものがほしくなるのが二月だと思う。季節としても冬が尽きようとして最も寒いときだし、人のからだも秋の栄養の蓄積がようやく涸れようとして油ぎれになるときだからである。そこで私のうちではいつも、二月は油をふんだんにという主義なのである。餅なども焼いて海苔巻とか菜雑煮などより、あげ餅にしろ、ということになる。お鏡の外側のこちんこちんになりながら内側に柔かいところもあるというのもよし、搗きたての寒餅でもよし、四五分の大きさにしたものを、揚げて大根おろしですすめるのがおいしく感じられる。固く乾いたのならからりといくし、柔かいのならふんわりと揚がる。小丼におろしを取り、ちらっと醤油を見せ、揚げたてのきつね色をたっぷりとくるんで一ト口にする。どんなに揚げたてで、――よしんば自分の箸へはさんでから餅がぼっとはじけるほど熱くても大丈夫、――そこは大根おろしのつめたさが焼けどなどさせはしない。醤油と油と、餅と大根とが溶けあって、あついものをひやりと食べるうまさはちょっとしたものではないかと思う。好みで醤油の上へ匂いに柚一滴をおとせば味も複雑になるし、もみ海苔やみじんにたたいた芹をはらりとまいてもいい。揚げたてであることと、おろしを気前よく使うことが必要である。ごま、菜種、榧、椿、と油はいろいろだが、私の試みたのでは鳥の油がいちばんおいしい。ちょうど鳥が油をどっさりもっている時だから好都合である。黄いろいかたまりを買ってきて自分で溶かして壺にでも貯えておけばいいのである。鳥の油でなま餅を揚げておろしで食べてみると、「冬の味」とはこんなものかと私は思う。

正月の疲れがひときりつく廿日ごろからは、よく牛の舌を使う。しろうとだから煮かたもなにも知ってはいなくて、ただやたらとやってしまう。若い娘のときには、これがあのモー公の涎にぬめくっていたべろだと思うと、すくなからず取扱いに閉口したが、うまさのことを思えば文句は消えるのだった。塩で洗って鉄鍋の大きいので煮る。なかまで火が通ると引あげてさましておき、随時随意に小口から幾きれでも切る。お酒のさかなにもよし、パンにもよしで便利である。けれども台所を預かるものには、肉よりもその肉を煮たあとに残る塩味のおつゆなのである。もとより脂肪をいっぱいに含む汁である。そのままでは味が濃すぎて使いきれない。昆布のだしにほんの杓子一杯ほどのそれを加えて、菠薐草と豆腐のおつゆをする。それも鍋七輪を持出して、少しずつ豆腐を入れて浮き上ったところをすくっては取り、すくっては取りして吹いてたべる。あたたかくて安くて早くてあっさりしていて、実は相当に味の濃いおつゆなのである。旅館ではよくさかなのあらで引いただしをおみおつけに使う。ああいう生だしは下手がやるときっとなまぐさいが、タンのひき汁は魚の生だしのようにいやな匂いには誰がやってもならない。もっとも四人前の椀に対して大匙なら一杯を加えれば、充分に味を濃くすることが出来るのだから、においのつく分量でもないのである。しぐれて空の低い日に、もしうちの前に水道、ガスの工夫さん、電線工事屋さんなどがちぢかみながら働いているというような時があれば、私はとっておきのタンのだしを使って、何であれ有り合せに野菜をあれもこれもと刻み込んで、おみおつけをこしらえ、七色とうがらしを添えて持って行きたくなる。「探しても肉はなかったっけが、うまい肉の味がしたってえことよ」とからの鍋を返されること受合いである。二月ゆえの味である。

　でも、そんなに残汁に味が放出されてしまうようでは、肝腎のタンはだしがらでうまくあるまい？　の疑いは御無用である。牛の舌なんてものは、そんなに軽っぽいものではない。それに下手を心配することもないのだ。下手は下手なりにたいらな火加減で、あの舌という大きなものをたんねんに煮て、たんねんな味に仕上げるからである。

捨てた男のよさ

男はいいもんだなあ、と思うのである。こんなふうに云うと、それじゃ女はどうなんだ、とやられては困る。これはそういう論ではなくて、私の狭い思いかたを話すということだけだ。

どんなふうに男をいいもんだと思うのかと云えば、男をめがけて駈けだして行って、かじりついて離れたくない、というようなのではないし、物蔭から窺っていてひそかににやりと、いいもんだなあ！　などというのでもない。駈けだして行くというようなのも、窺ってひそかに見るというようなのも、いまはもうやらなくなった。かつての以前の日には、そんなふうにして男のひとのよさを見ていたこともあるけれど、それはもう過ぎたもののようである。過ぎたもののようではあるけれど、先ゆきもう一度そうしないとは限らない。一度したが二度しないとは云えない。こんなことは、自分の知慧で自分の気もちのゆくえなどうまくは測れまいとおもう。ただ、将来に二度くりかえしてそんなふうにはしまいなあ、という気はする。いまは私は、駈けだして行ったり、窺ったりしたころにくらべると多少無精になったから、じりっとしていて手も足も出さず、目も口も塞ぎ、耳の管だけを心とかいう得体の知れないもののところへつないで思えば、男のひとは懐しく、いいもんだと思う。ことばに尽せない好もしさなのである。

私は男のひとに縁遠い。身のまわりに男のひとがどっさりいたなどということがない。男の集まらない理由はさまざまあることだが、とにかく「男すくな族」である。物心ついて以来、あらゆる点で自分に関り深くいた男は数少い。老いればさらに少くなる。ではあるが、生活のなかに男が皆無というのでもない。来て、こんちはと頭を下げ、べしゃべしゃしゃべって、さよならがあとに残ってからだが先になって、出て行っちまう男もある。三十分だけいるひとも、三日四日おきに繁く来る人もある。しごとで来る人、なんとなく来る人、買いものに行く店屋の男、年季のあいだじゅうなじみの魚屋の若い衆、行きずりの電車の車掌さん、——なにしろ数が少いのだから見境なくみんなくるめて思ってみて、やはり男のひとは私には、いいなあ、である。どのひとも好もしく懐かしく、よく思われるのだ。念のために云っておくが私は、夫という特別の一人の男を、好もしくなく、いやだと云って離婚して出て来ちまった経歴をもつ女である。男はいやだと腹をたて、男はわからないとあきらめ、思いきろうとして未練を知らされ、最後にはもはや沢山もう結構と、顫えて退却したのだから、いまさらよくも、男はいいなあなど云えるはずはないのに、時間の車にひしがれて砕けたきょうこのごろは、息を吸って、いいなあと云う。うなずける、男のひとたちへの批難や攻撃は。どこへ行っても聞くのである。鋭く突きかかるのもあれば、じめついて文句をいう人もある。云うだけのことはあると思う。云っている人の気もちはよくわかる。私にも夫と限り離婚と限らず、男のひとへのいやさは記憶にあることで、よくわかるのである。それらはたぶん男のがわの欠点だとおもう。なにも女がわざとひがめて、批難、攻撃、訴え、嘆きをするわけはなく、ましてついにはそれらの苦しみが哀願にまで極まるのを見れば、男のがわに難点があるのは明らかである。私は女たちの文句に同情し、男のよくなさを知っている。現在、新聞や雑誌に、またなにかの寄りあいの場で実に沢山の、女たちから男への批難や文句が、文章をもって声をもって提出されている。それは夫へ、父へ、祖父へ、息子へ、孫へ、その他すべての男たちへである。それらを見聞きすれば当然同情と関心をもち、関心は自分の過去のいろいろは思いだせるし、過去を思って現在につなげばはなはだ慰まず滅入ってしまう。でも無力だから、何をどうすることもできないのが残念である。

私のころには女の動ける範囲は狭く、家庭の女が男性批難の作文を書くなどは、思ってもみないことだったし、口にだすのもよくせき覚悟の上か、さもなくば向う意気の強い人かだった。私は向い気が強くて、親にも亭主にもごねたけれど、作文で訴える知慧など持っていなかった。いま勢いのいい作文や訴えを聞くと感慨がある。そして、「ああ、捨てつつあるな」と思う。私に云わせれば、誰でもが夫を父親を男を、批難攻撃しているときは、その対手を捨てつつあるときだと思っている。私には難じ責めることは、捨てつつあることと同じという気がする。それは対手の男とよりよく共に在ろうとして云いはじめているにもかかわらず、自分も対手から気の離れるに任せて云い募り、また対手の気もちが自分から離れて行くのも気づかずに難じきろうとしてしまう結果に至る。なぜそうなるか。対いあって話すというのはちょっと聞くと、ちかぢかと親しいことのように受けとれる。それはそうだ、対いあっているのだから遠いはずはないが、男の膝の寸法と女の膝の寸法とがつくる距離だけは離れているのだ。距離は人を孤独にし、孤独はその人のいい面をよりよく見せもするが、自分も知らないいやなところを煽ってひどいものにも見せる。さし向いで話す、ということばに浸みついている柔かさに惑わされるのだし、女は相対して話す技術については、まだ時間をかけて知っていないのだ。難じ責めて、男を好きなように改めさせたいと思って話しながら、そのとき実は自分も男に離れ、男へあいそづかしの姿かたちを見せているのだ。私もそれをやった組で、ながくわからなかったが、よくよくそのときの心の動きや身のとりなしを思いかえしてみると、あのとき自分は対手を捨てはじめていたと頷けた。難じる責めるということは、相対した二であって、二はよく行けば重なりあって一になり得るが、まずく行けば隔りであり、捨てあう一と一である。天性も優しさに乏しいのだろうが、話しあう技術もへただった、と私はくやしい。

とにかく、そんな次第で私は「もうだめだ」と思いきったつもりで、実家の父へひきとってくれと頼みに行った。そのとき父親が、「決心は確かか」と訊くので、確かだと云ったら、「天気も三日は同じ日が続かないものだが、――」と云った。ひどい皮肉だと聴いた。親にも信用されてはいない、同情されてはいないと思った。それから父親は、世の中は狭いから、いつどこでどんな状態で、もとの亭主にひょっくり逢わないものでもないが、そのときに乱れはしないかと念を押した。乱れないと云った。「そうか。――」と父は云ったが、親の表情は複雑だった。私は憐れまれているようであり、軽蔑されているようであり、また父は立腹しているようでもあった。理解できされない複雑さだけが感じられ、それが気重くのこった。この気に重くのこって消えないというのは、事柄そのもののせいか、私の性格のせいか知らないが、「あっさりと執念深い」ものだった。忘れられないでこびりついているのは執念深いわけだが、たえず一日じゅうそのことばかり思いつめているのではなく、時にふれ事に結ばれて忘れないのだから、あっさりだとも云える。

そのあっさりした執念深さで、だんだんに父の複雑な表情の根源をさぐろうとすると、どうしても「もとの亭主にひょっと逢ったとき」に絞れた。もとの亭主がどうしたと云うんだ？　もとの亭主、離れた男、捨てた人、――それに後(のち)ひょっと逢って、それが何なのだろう。私と彼との間はすでに済んでいた。何があると云うのか、何もないはずだ。いや、あった。私と彼との夫婦の結びはそのとき終っていても、その後私には私の毎日があり、そこで日々の進退が私をかえていた。彼も同様であるはずだった。捨て捨てられたもの二人とも、暦とともに先へめくられているのだ。めくられた変化が善悪ともにあるはずだった。そこまで思って、あ！　と辿れた。いやなところがあるから捨てた、その私が如何ともなし得ないとして捨てたいやなところを、彼はどう暦とともに剝いだか、また積んだか。それを私は離婚のときのままの眼で見るか、それとも育った見かたで見るか。もし捨てた男によさができていたら？　捨てるもとだった弱点が、万一逆に光って育っていたら？　あの時いやだときめつけて疑わなかった自分の眼だが、それがいつまでそのままだろうか、自分の眼もまた暦といっしょに剝がれ積まれたはずだった。弱点の裏と表とどっちが伸びたか、どっちも伸び得るのである。捨てた男に捨てた点でよさが出ていたら、いったい私はどうなったらいいか。「ひょっと逢う」と云われたが、ひょっと逢う逢わぬはさておき、私はあわてた。私は「捨てられるがわにあった強さ、捨てられるほどのもの」がいかなるものであったかを、も一度考え直させられた。捨てられた男に見る魅力など、私にはその時までほとんど考えられないものだった。なんと云ったらいいのか、夕立に打たれる病葉(わくらば)のようにみじめな心理状態にされて、探りあてたさきに捨てた男の影を想った。

　覆水ふたたび盆に還らずという。太公望(たいこうぼう)のことを私の父親はおもしろがって時々話していたが、私は何も知らない。いつもいつもぶらぶらと釣なんかしている男は私が女房でもいやになると思ったし、その女房が又もとの亭主がえらい人に出世したら未練が出て、もと通りにしてくれとせがんで断られたとは、女も女でいやな話だと聞きすてていた。が、この話には思い知らされた。歴史は太公望夫人をどう伝えるか、父はどう諒解しているか、どうでもよかった。捨てたほどの悪さがよさにひっくりかえったとき、女はどんなにびっくりして、どんなに嬉しいだろう。悪さがよさになった嘗ての男なのである。帰りたい戻りたいと云いだした女は、なんと素直な正直な女、童女のごとき女である。大概ならいまさら戻りたいとは云えない意地みたいなものがある。未練と云われようと功利的と云われようと、太公望夫人にはいいところがある。いやだと思うのに、話しても改まらないからこそ出て行くのである。改めたい心があればこそである。悪さを取り除きたいから批難し哀願したのである。それが別れてのち、悪さをよさに変えている男に逢ったとしたら、捨てた女の心のなかはどんなだろう、みじめである。覆水盆に還らず、と云った太公望という偉い人は憎らしかった。りっぱな出世をしたあとだけに、むごいことを云ったのは憎らしかった。憎いと思ってから、今度はさすがに私も気がついてわかった。これだから私は二度でも三度でも、なお何人もの男のひとを失うだろうと。そして、捨てた男のよさにそのたびに涙を流して見とれるだろうと。

　そうしてあらためて見直すと、第一に私の父である。私は何度父親を捨てたろう。私の時代ではまだ父と子がいまのように、気楽に話しあえない習慣だった。長上への憚りかたにある固い形式ができていて、ことばにも行儀にも子のとらねばならない限度があった。

それがよけい親子の気楽な会話を妨げていた。私はそれでもその限度を女の子のくせに跨いで、よく父親に争いかかり、父親をいやだと思った。時にはほんとにどっかへ行っちまいたいと思った。私だけが悪いのではないとおもう。父のほうにも私をそんなに猛々しくするだけの性格的な原因はあったとおもう。が、そのいやだと思ったたびたびの時というものは、いったい何だったろう。私が父を離れ父を捨てていたにひとしいのではなかろうか。親を捨てたと云えばことばが強すぎるが、細かく突きつめて行けばその心というものは、捨ての部分に入るべきもののようである。紙屑を捨てる捨ては通常つかってあやしまないが、よく思えばあの捨てのなかにはやはり放つ・離れるから消失・死までが含まれていることに気づく。親子の感情や多少の事柄は普通簡単に時間が流し去っているが、ここに行われ思われた「いやだ」にも、やはり厳しく云えば、捨ての部分に含まれるものがないとは云えない。そして私はそれを何度やったかと思う。

父は私にも捨てられたことのある男であった。ただ親子は夫婦の関係とは違うから、縁も切れないし血も切れないのは、たがいに気の毒である。ことに養子がわに立つ親の身は気の毒であった。私にいやだと思われていることなど父のほうでは承知の上だったろうし、それを承知でも懲りず機嫌を直していた親なのである。私のほうは所詮一本立ちのできない身分で、なんということなしにルーズに機嫌を直したのだが。——私の弟も父にそうだった。父は二人持った子の二人に、しばしばくりかえして下らなく捨てられていたのである。もちろん父も私たちを、「こいつ、なまいきな！」と瞬間、暫時、捨ておいたことがなかったとは云えなかろう。ただし、きっと上手に捨てたろうと思う。そばにいてがやがやうるさい奴なんか捨てなかったら、そのうるさい奴を食わせるためのしごとをするなんて不可能だったろうからである。

　そして父という人は妻にも捨てられていたと思う。私の生みの母は早死（はやじに）をして、死という自分の意志以外に強力なもので、ついに父を捨ててしまったが、実際の死以前にも、あまりの父の勝手わがままに堪えられなくて、石を拾って袂に詰め、茫然と川のへりに立っていた、とかいうことを私は人から聞かされている。こういうことはのちには誇張されがちな話で、とかく母を憐れがって話の落着はついてしまう。が、そうだろうか。この話がもしほんとなら、それほどまでの父も父だし母も母だ。自ら断つというのは、なんと、いらい、ひどく父を捨てることだろう。とにかく事実が話の通りだかどうか私にはわからないが、かりに事実あったとして、事は父の知らないとき行われたとしても、あくまで人が話すことを、父があの耳の確かさ早さで知らないはずはない。相当こたえたろうと思う。それでもそのことはそれきりで二度実行された様子は聞かないから、父と母とはそこまで行っても幸いに繋ぎかえして、自然の病死が二人に捨て捨てられの座をつくるまで、平凡に夫婦生活をしていた。つぎの妻は、これは私ももう大きくなってきたからいろいろと知っているが、二度目の母もさんざ父を批難し、憎み、怨み、哀訴もして、しばしば父を捨ての部分に入れていた。父も亦そういう母を、あるときは怒り、あるときはものに紛らせ、あるときは平然と冷たく捨てていたと思う。捨てもしたが捨てられた夫でもある。

妻にも子にも、充分捨てられたことのあるのを承知の男が、その娘の離婚騒ぎにぶつかって、おそらく感は深かったことに違いない。その上で、ひょっともとの亭主に逢ってもなんともないと云えるかと尋ねてみたのに、娘は言下に、なんともないと云った。よくも考えず、その問の含む意味は何かと訊いてみることもなく、云いきってしまったのだ。その浅さ、その柔かみのなさ、わからなさ、――そこへ対って「捨てられた男のよさ」など話してみても、所詮は悟れずじまいに終るにきまっていた。悟れないならまだしも、かえって猛りたって、「捨てた男の悪さ」をまくしたてかねない。どうにかして無理にもわからせようと手を加えれば、びしりと抵抗して、その抵抗の力で自分から二ツに折れ崩れてしまいそうな固さである。これは私の推測だが、父は妻に捨てられて、女の捨てかたのいかなるものかを知ってい、捨てられた男の捨てられかたから歩き抜けてしまう抜けかたを知ってい、自分の娘に「もしも……」の場合を前もって知らせてくれるつもりだった、のではないかと思うのである。そこで私の態度を見、到底手がつけられないと見積り、立腹と軽蔑と憐みを交えた複雑さで、黙ってしまったのかと思う。「わかるまで待ってやる」のだが、さぞ待つことのわびしさがあったろう。

そのとき、しみじみ覆水ふたたび盆に還りたい心がしきりで、――と云ってももうその時は私の捨てた夫は亡くなってしまっていたのだが――さまざま思い砕けていた。「捨てた男の捨てる原因として挙げた弱点が、あちら側でよその人が見ればまぶしいほど光るものであり、何年かしてひょっと逢って自分もそれをそうと認めさせられる時」を思うと苦しかった。しかしこれは、捨てた男がよく成長した場合のことだけに限って云っているように取られ、「捨てた弱点がもっと決定的な弱点になっている場合だってある」と云われ、「そんなとき、ああよかったとこそ思え、ふたたび還りたい心なんかあるものですか」と笑われると思う。そういうこともある。身顫いの出るほど余計いやになった、という話は聞くのである。ひとごとでも心のしぼむ思いだ。むかしの私なら、「ほんとに早く捨てちまってよかったわ。あの人を捨てて、あなたは半生を拾ったようなもんだ」くらいを云ってかたづけるところだ。けれどいま私はどう云っていいかわからない。

正直に云って、私は雑文を書きはじめてから、あんまりいろんなことがみんなわからなくなって困っている。返辞のできることはごく稀でしかない。それで、これもさきの言い分に対しては見当違いのことになるが、私の亭主は太公望ではなくて、えらい出世はしなかったし、平凡な人だった。知人たちもそう云う。その平凡な男を平凡な女が捨て、女の父親のこれも或種の捨てられが仏頂面をしたところから、現在わからないことだらけで困っている私に、男はいいなあという平凡な喜びが生じているのである、と云いたい。だからこれは決して、尽した論ではなくて、狭い、わたくしの話なのである。私はごく身近から一ツ一ツ探っていくほか途がないから、どこへも当てはまるきっちりしたことは云えない。捨てたから探った筋であるし、事蹟も何もなく死んで、いなくなってしまった平凡な男から手繰って行って、「捨てられたよさ」を突きつけられて得た、ある会得である。悪さが悪さを生むことも勿論あり得るけれど、どんなにみすぼらしく悪くなっているのにも、あるいはしぶとく悪くなっているのにも、ああ捨ててよかったと、（それもわかるが、）二度捨てて捨てきっただけでいいものだろうか。もし私がみすぼらしく又ずぶとく、より悪く暦とともに変ったとして、私を捨てた亭主に、「ああ捨ててよかった、ぞっとするね」と云われたら、どうするだろう。かりにそう思っただけでも胸に来るものは、喜びでは決してない。

　紙数が尽きて、いきなりの括りになるが、男も女もいろんな特性をもっていて、結んだり捨てたりしている。それならどの特性が、捨てあったあとに、比較的らくに、よく育って、のちに対手を打つものになるかというと、男の場合にはゆとりというか、寛容というか度量というか、それだと思う。思う、であって決定でないのは、人によるからであり、私に寛容とか度量とかはまことに乏しかった。私は男の人にこぼれるそれを、人知れず分けてもらって、大事に拾っている。捨てた奴はいずれどこかで何かを、拾うこともしてみるものであるそうな。

　私は男すくな族である。行きずりの車掌さんまでくるめて、女にとって男はいいもんだなあ、と自分のものでもないのに、嬉しく思って眺めている。そう、誰も私のものではない。けれど、時にふっと誰かの肩が私の斜め前にあって、時にまた私の斜め後にあって、「お前は女で、おれは男だ。さあ行こう」と云ってくれているような感じを受けることがある。夫婦や親子の特別な関係でなくても、ただの男と女にでも、膝の寸法のないとき、男というもののその懐かしさ、好もしさ。大きな声で、またそっと、男はいいもんだなあ、と私は云う。

いのち

竹のようにすくすくと生長する、ということを言う。まったく勇ましく伸びるのが竹である。

でもあんまり勢がよすぎると、勇ましいのを通り越した凄さ、おっかなさを感じる。はじめは誰も竹の凄さなどは知らない。あの姿のよさ、葉ずれの音のさわやかさなどに惚れこんで、うっかり経験者のいうことを上の空に聞き流して、つい手狭なわが家の庭を忘れて植えてしまう。植えて二三年は春の筍(たけのこ)が頭をもちあげると、すっかり満足で、筍だけは値知らずだなどと悦に入る。が、そのあとが大変だ。その土地に定着してだんだんと勢をましてきた竹は、やがて凄さを発揮せずにはいない。

あるお宅では、真夜中にふとものゝけはいに御主人が眼ざめた。闇のなかに家族の寝息は正常である。しばらく窺っていると、きききと床の間の見当がきしんだ。はっとすると音はやんでいる。しかし、そちらからすうと冷たい風が来て、枕の上の額を撫でた。冷たい風は間歇的に来る。と、又、きききときしんだ。たまりかねて起きてみたら、筍が床の間の畳を二寸も持ちあげていて、ちぇっと思ったという。

ところが、こんな話もある。あるお宅では前年に玄関のたたきを破られたので、根を切ってそれでいいと思っていた。すると今年も例年どおり、たくさん親根のそばへ筍が出たので、方々へお裾分けなどして喜び喜ばれた。たべきれない分はぐんぐん伸びて、それはもう竹の子ではなく竹の若い衆、竹の青年に生長し、すがすがしく葉をゆすった。今年竹の美しさだ。筍の季節は過ぎたのである。

そこの老夫人は夜、風呂へ行って帰りは素足になって来た。帰って来た。玄関の畳を一ト足踏むと、なにか畳が浮いている感じがした。気をつけるとたしかに変だ。六畳の畳もでこぼこな感じだ。湯あがりの素足が敏感だったのだ。やっと筍だと、それでもまだのんきで、畳を上げてみた。床板がお盆ぐらいな円さにずっぷり濡れていた。見ると畳の裏もぐっしょりだ。釘を抜くと板がひとりで持ちあがった。頭が平べったく潰れた筍がにゅっと濡れて立っていた。えたいの知れない生きものに出合った思いであった。

六畳はさらに凄かった。床下は未来永劫のような暗さと湿りけと冷たさである。懐中電燈を向けると、おぼろな灯のなかにその無気味なものは、五ツも六ツも、あるいはとんがり、あるいはねじくれて、「生きてるぞう」と無言でいた。声も出せないくらいぞっとしたという。

死ぬこともこわいが、これは誰も教えてくれた人がない。竹は、生きるいのちの無気味を知らせてよこす植物だ。

午前二時

ねずみと雀とは、どちらも人の生活にくっついて、すぐそばにいる生きものだ。雀は日本ではかわいいものになっているけれど、お隣りの国では害としてかぞえられている。日本にも鳴子だの案山子(かかし)だのの風景があるのだから、日本の何倍もある大きな国のどっさりの雀では、はっきり害として扱わなくてはいられないのだろう。しかし、どうも私たちには、害と呼ぶ気はなさそうである。気だてのやさしい青年が、貧弱な私の庭先へ花の咲く草を植えて世話してくれていたが、雀がいたずらで、菊の芽は摘んで放り出す、ふようの蕾(つぼみ)はつつくで、まるで悪たれッ子のあばれみたいなのである。食べるのでもなし、巣の材料でもなさそうで、いやがらせだというふうに雀はぴょんぴょん動きまわる。彼はあきれて見ていて言った。「雀という鳥は、実に器量のわるい顔をしている」と。害ではあるが、器量の悪い奴だというくらいなところで済ませているのが、私たちと雀の間柄だとおもう。

ねずみは困りものだ。あれも見かたに依ってはかわいいと言えるが、あの臭さにはまいる。先頃、午前二時という時間だった。起きているのは私だけ、おくれたしごとをしていた。娘がしとしとと廊下を来て「まだしごと済まないの?」と声をかけて通り、やがてへんな顔つきで机の前へきた。ねずみが、あの「水道栓と白い陶器とだけの特殊な小部屋」にちょこんと座っているから困ってしまう、と文句を言っている。あなたが縁あって出逢ったのだから、あなたがきまりをつけたらよかろう、と答えたが、ねずみに弱いのだという。仕方がないから行ってみると、なるほど座っている。陶器と水道栓しかないそこで、何をしているのかわからないが、ただひどく臭い。しっしっと追うと、了解したようにちょろりと歩いた。すうっと立った。手を二本前へつき出していて、おなかが白かった。窓の高さを目算しているのかと思ったら、とたんにじろりと飛出した眼で私を見た。とがめている！　と思った。ひとの行動をそんなに無遠慮に眺めているもんじゃない、と受とれた。あまりいい気持ではなかった。

しばらくして行ってみると、ねずみは消えていて、しゃらくさい奴だ。うんちとおしっこがしてあった。これが一匹の仕業かとおもうほどの大分量であった。ねずみも部屋によって使用法がきまっていることを承知しているのである。こうなると、人間である私はまことに迂闊千万ではずかしい。あそこへ用たしに来ているものを、扉をあけてみていたとは、なんという失礼であったか。えらい動物である。

次女

ときどき私は学校のおかあさんがたのお集りに招かれる。役に立つ話ができるわけではなし、幅の狭い身辺雑話をする。

そういう会で、あるとき、話の済んだあとすぐ、一人のおかあさんが起って、訊きたいことがあると云う。丁寧にぶしつけを詫び、少しおどおどしてい、しかもなにか胸にいっぱい溜っているということが察しられて、好もしい人である。それで、その第一問は意外にも「あなたはほんとに次女ですね」と云う。

「ええ。」「あなたの書いたものを読むと、随分と強情っぱりだったようですが——」会場はどっと笑った。でも続ける。「きょうお話を聴いていると、やはり、かなり気の強いかただと……」またどっと来る。その人はまっかになって渋った。「でも、あなたはたしかに優しいところも……」わあっと沸き、私もその人もがやがやのなかに埋まったが、——「次女とはほんとに強情なものなんでしょうか。私いま毎日、次女のことでてこずってるんです。気をつけて見まわすと、そう云っちゃなんですが、どちらでも次女はきつくて……」

たしかにそれまでみなさんが笑っていたのだが、その笑ったなかから声があがった。

「ほんとにうちでもそれで……」

だんだん聴くと、そこの家庭は子供が三人で、長女は小学生のときから学習態度も成績もよく、人がらがものやわらかで、誰にも愛されるし、心配というものをかけたことがない。長男は末っ子だが、これも出来がよくて褒められものの上に、ことに母親思いで嬉しい子だそうで、まんなかの女の子がいけない。わかりのいいような悪いような、勉強は波があって、気に入ったとき夢中でするが、いやとなったら遊んでばかり。曲ったら最後、自分でも承知で大曲りになる。ついには父親が荒い声をあげ、母親がゆっくり諭し、姉が機嫌を取るが、うふふと笑ってのけるし、何時間もひとりきりで坐っていたりする。でも悪い面だけではなく、うちじゅう一の明かるさと賑やかさを持っていて、この子がいないと物足りない。このところ入学試験を控えて、腫れものにさわる思いだ。試験はとにかく、長いゆきさきのことを思いやると、これでは不幸が多かろう、と云う。

「幸田さんも次女で、相当な親泣かせだったというが、なにか一トこと聴かせて……」

ひたむきな母の心が一語一語に流れていて、その手に負えない次女ぶりが鮮明にわかり、会場はしんとしている。私は冷汗を流しつつ、次女のわがままを解説し、強情ものは強情に悟らされるときが来るだろうと云った。

「そうでしょうか。でも私は、私が生きているうちにあの子をいい子にしたいんですけど、間に合うでしょうかねえ、幸田さん！」

絶体絶命だった。「間に合わないときもあります、私がそうだった。」

どっとみんなが笑ってくれた。

吹きながし

一年のうちのいちばんいい季節になった。旅行もしたいし、おいしいものを食べもしたいし、一日中のうのうと好き自由に休むのも悪くない。そのくせ、大掃除だの洗濯だのの季節だ、とも思うのである。そういう思いかたに我ながら主婦業の年数をおもわせられる。

女もめきめきと体力がついてくるのは、十五、六、七くらいのときだが、その頃私は大掃除に畳二枚を両脇に持つことができた。力があるというより上背(うわぜい)があるので出来たのだろう。

忘れがたいのはその折に風というものを知らされたことである。午後になって庭から畳を運び入れようとして、横から風をうけた。畳自体の重さがいいかげんあるところへ、畳の大きさだけの抵抗で風を受けたのだから、ちょっとこう貧血するような感じでじっとこらえたのだが、もちろんそのあいだは立ち停っていた。動けなくなったのである。一ト吹きの風の長さがよくわかった。よくもあの時ほうり出さなかったものだが、手を放すこともできなかったのかとも後に思う。馬鹿らしい話だが、そのとき風のこわさを知った。あらしの風などは知っているが、そんなものではなくてもっとずっとこわく思った。のちにだんだん思えば、あらしの風へもつ恐れは、あれはいわばみんなに配給されている恐ろしさであり、畳のときは私に襲ってきたこわさ、私が辛うじてこたえ得たこわさなのである。不意打ちとか、思いもかけぬとかいうやられかただった。そしてそのとき以来私は風とは、縞模様がついているものだ、と信じているのである。突飛なことをいうように聞えるだろうが、一ト吹きの風の塊りは、頭も尻尾も平均した力で吹くのではなかった。よろけ縞とかやたら縞とかいったかたちの、太いところも細いところも千切れもかすれもある縞模様をもって、一ト吹きの風の力は構成されている、と私は信じるのだ。けれども念の為に言うが、この時の風は突風やなにかではないので「風が出てきたわね」程度だったのである。風が吹けば桶屋が儲かるが、私はこわいことをおぼえた。町会の定めた大掃除の日に今年も風があれば、私は畳はごめんこうむる。

きょう少し遠いところへおつかいに行った。ときどきそこへ行くのだが途中に去年から土手を築いているところがある。新しく電車を通す道である。それが出来ていた。築きあげた斜面の土は乾いて、まだ雑草一本生えていない裸だ。土手下の家は埃をかぶって屋根瓦が白茶け、だが高々と鯉のぼりが立っていた。えらく鯉のぼりが生き生きしていて出来上がって乾いている土手も、もりもりした勢いで遠く伸びていて、いい景色だった。どんな男の子がいるのか知らないけど、しっかりやってくれえと声がかけたい気の弾みをうけた。

吹きながしというけど、あれは利口なのだろうか。ばかなのだろうか。吹き流しにすればすらりと行くかわり、とどまるものはない。

類人猿

一

シートンの「動物記」を愛読した人は多いとおもう。あの本はまことに不思議な力をもつ本である。読みだすとたちまち、机の前も障子も火鉢もどこかへなくなって、身のまわりには平原を渓谷を岩山を感じる。自分は兎ではないけれど兎と同じに耳のうらに春日のぬくもりを感じるのだし、鹿とともに追われて懸命な疾走をするのである。狼が月の谷を越えれば、こちらも月に対って吠えたくなるし、熊が木の実をたべれば、私にもほっとする食後感があるのだから、不思議な力をもつのである。そして読み終ったとき、机の前に座蒲団を敷いている自分のすぐそこに、実に鹿がい、兎がい、それらを心底かわいくなっているのである。シートンもえらいけれど、もともと動物もそういう力をもっているのだとおもう。

私はこの本が好きなので、戦後にも読んだが、若いとき読んだのと年をとって読むのとは、おのずから感じるところがちがった。若いときは、鹿なり兎なりがあわれにも勇ましく、身にふりかかる困難をしのいで行くその事柄に感動したが、老いては物語の筋に感動するよりも、動物の姿態に感動が起きる。追われる鹿は根かぎり精かぎり跳躍するが、何メートルも跳ぶその肢のほそさ、その腰の筋肉のしまりかた。みごとである。そして敵を逃れた鹿は安堵してゆっくりと、清澄な空気のなかに頸をのべている。襲われた恐ろしさは、危険を脱して今もまだ心に影をおとしていよう。短い毛の密生した頸に午後の陽がさしている。私は鹿といっしょにほっとしないわけには行かないのである。兎がいる、大きな逞しい兎である。飽かず新鮮な草をたべて、もくもく口を動かしているが、彼の耳は片方がぎざぎざに形が崩れている。子供のときおかあさん兎のそばを離れたすきに襲われて、母はそのために闘って死に、彼は耳を食いちぎられたのである。だが、彼は賢く強く大きく成長した。彼は人のしかけたわなにかかることがない。人は彼に「ぎざ耳坊主」という名をつけた。私は、彼がそのぎざぎざになった片耳を立てたりねかしたりしながら、決して迂闊に流れることなく、しかし楽しんで若草に口髯を動かしている恰好を思うと、草原の深沈とした寂寞を身に感じて、彼をいとおしく思わないわけには行かないのである。シートンのなかの動物は、けわしい峰から広い野原から野生のままで、都会の人間である私の、貧しい茶の間へ来てくれるのである。それは私には一語で云いつくせることである。かわいくおもう——という一語である。

シートンのみならず、動物に愛をもって書いた、優れた文章はいくつもある。画にも写真にもある。烏の生態を克明にレンズに収めつづけている写真家もいるし、鼠ばかり撮影して一冊に纏めた人もいる。動物園という特殊な一区劃の動物たちを、みごとに紹介した映画を作った人もいるし、猫を愛してだんだん専門家のように詳しい知識を得てしまった人もいる。そういう作品や談話がかならず持っているものは愛情である。愛情には品格高き愛情もあれば広く浅いという愛情もあり、私にあるのは多く身勝手と呼ばれる愛情ではないかと恐れるのであるが、とにもかくにも私は動物と親しくしたい。

　チャップリンの映画に、つぎつぎと女を殺して行く男を描いたのがあるが、この男は平然と、リズミカルにさえ殺人をするくせに、毛虫だか蟻だかを踏みつけようとして大仰に、おおあぶない！　とわきへのけてやるのである。このシーンを見せられたとき、私はぎくりとして、映画の闇のなかで狼狽した。これは殺人者である彼と殺される人々の生命と、殺人者に生命をかばわれた小動物との関係だが、分量に多少の差こそあれ、私の動物に対する愛情には身勝手という点にかけては相当なわがままがあって恥かしい。三、四年以前だが、箱根で雨の日にドライヴをした。もう夕がたに近く、降ったりやんだりの山径には、人ッ子一人いなくて、静かというよりむしろ寂しかった。濡れているその道のまんなかに兎がちょこんとすわっていた。はじめからいたのか、どこかからそのとき出て来たのかわからないのだが、おや？　と思ったらそれが兎だった。なにしろこちらは自動車なので、あれあれと云ううち兎に迫ってしまい、兎はそこへ迫られてしまってから一散に先へ立って走りだした。うしろから見るとかわいいお尻がやたらと走っている。うしろ肢が機械のように規則正しくぴょんぴょんする。耳をうしろへねかして跳びに跳ぶのだが、運転手はにやにやと、スピードを加減してあとをつけている。一ト跳び横へ跳んで道をよけさえすれば、自動車の追跡からまぬかれるのに、まっすぐに先へ立って走るから、行けども行けども追いかけてくれるのである。道がややカーヴするところへ来て、兎は曲らずまっすぐに駈けて叢（くさむら）へ跳び入り、自動車は道について曲ったから、それで追いかけっこは終りとなったが、行きすぎる窓にちらりと、しかしはっきり見れば、兎は道から一尺ほど入った草のなかに、大きく明けた眼をこちらへ向けて、せかせかと呼吸していた。追われている恐怖、逃げている必死さ、逃れたがそこで動けなくなっているいじらしさ、――だがそこには追う興味、逃がしつつ見ているかわいらしさ、逃がしてしまった残り惜しさがあったことも確かだ。

かわいく思うこととは酷（むご）いということと、じつに紙の裏表である。愛（めぐ）し乙女などというめぐしということばは、かなしい、いたましい、くるしい、せつないなどという一連のことばと通じているのである。めぐしはむごしだというのだ。先日へミングウエーの「老人と海」という映画があったが、あれもめぐしはむごしで、むごしはめぐしであることが描かれていた。世のさまざまなものがそれを裏がきすると思うが、動物はより切実にそれを人に教えるのである。私は動物が好きでかわいがっているつもりだが、動物は私に愛情と酷さを教えるのである。動物園へ行こう。

動物園へ行ったとて、動物たちはおいそれと、自分たちの何から何までを披露してくれるわけのものではない。二、三時間の観覧者には二、三時間を見せているだけで、しかも語ることばをもたないのである。めいめいに四季をもち、過去の経歴をもっているが、それは風来人である私には窺い知る由もなくて、長年ここの動物たちと風雪をともにしてきた飼育担当の諸兄を、どうしてもわずらわさなくてはならなかったのである。それは幸いに好意をもって受入れられた。私は動物園の裏門から入る。

動物園の門を入って第一に私の前に現われた動物を、みなさんはいったい何だと思うだろう。おそらく意外だと思う。私にも意外だった。それは猫だった。ふとって大きいきじ虎の猫だった。観覧用ではない。檻にも鉄網(かなあみ)にも入れてない、ただのにゃごだった。事務所の雑具の上に寝そべっていたのが、あたかも客を迎えるようにして起きだして来、私たちが見学に歩きだすと木の下まで送って出、なお行ってふり返えると、こちらをなつこく見送ってすわっていた。園にはこぼれ餌があるので、宿なし猫や浮浪犬のいつくことはめずらしくないというが、事務所に放されている一匹のこの鎖なき猫の愛敬は、動物園—檻—つなぐ—かわいそう、という観念を変えて、動物園—檻—つなぐ—でもこれは愛情をもってなされている、というように思わせた。早くもじわりと、動物の力が私に浸みてきた感じであったし、園の人の動物への愛も語られずして諒解したのである。

なんと云ってもいちばん先に指を折るのは猿である。象や麒麟（きりん）も愛されるが、お象お麒麟とは云わない。お猿さんというおの字もさんづけも、人が彼にもつ親しみの深度を示すものだ。猿のなかではやはりゴリラ、チンパンジー、オランウータンの三ツである。新築のアパート式高級住宅に彼等は住んでいる。昼間、運動・遊戯・散策・思考するためには庭園が設けられているし、夜間や雨の日のためには暖房設備つきの清潔な寝室をもっているし、庭園と寝室をつなぐ専用の通路をもっている。

飼育係長さんを先頭に私たちが行くと、午後の陽はやや斜（ななめ）で、庭の中央に立てられた丈高き運動用ポールのてっぺんに、オラン君はのぼっていて、ちゃんとこちらを観察していた。「おや？　係長さんが来たぞ。係長のうしろについて来るのは？　ああ、例の特別参観人という厄介人種だろう。あれは実にしつこく眺めるのが好きな人種だからいやになるね、迷惑だよ」と云うように私には見える。「そこまでは思うかどうか。でも、あなたがわれわれのつれの人であることは承知しているかもしれない。まあ私どもは、——晩飯にはまだちと早いがな？　と思ってるんじゃないかと思いますね。」

まことに賢げなその姿である。小手をかざして眺めているのである。こちらが近づくまでに、もうとっくりと私を見つくしてしまったのだろう。私の視力のあやしい眼が、やっと近くへ行ってあちらを見あげれば、そ知らぬ顔で眼を合わさず、長い指を眉にかざしつづけて、何が見えるのか、遠い空間を凝視しているのだ。私等を注意しているのだ。知って知らないふりをしているのだ。なんとも云えずよく似ている。誰に似ている？　人間に、というより私と似ている。いえ、もっとはっきり云えば、あっちのほうがはるかにうまい。私の知らんふりはこうまざまざと強くは行かない。すぐ崩れて出る弱い知らんふりしか私にはできない。いつまで見ていてもオラン君は小手をかざして、瞑想的な遠い凝視をしている。もしかしたら知らんふりなどは私の邪推で、彼にはほんとに空のかなたが見えているのではないか、人間の眼には見えないものが見えているのではないか、とさえ思って、こちらも眼をちょっと遠くしたら、とたんにその高い処からオラン君はしゅるしゅるふわんと逆落し的に滑りおりて、「ははは、驚いたかね。それはどうも、失礼おゆるしを」という表情である。空のかなたどころじゃない。おそらく彼には私の低能がまる見えになっていたにちがいない。しかし低能ながら私も思う、これが人間の「虚」というものであろうと。虚をつかれるというのは、人と動物との交渉において大切なことで、よしんば猿の虚を私は知ることができなくても、自分の虚に気をつけなくては、今後、動物と上手につきあうことはできなかろう。鎖なき一匹の猫を見てたちまち甘くなる感傷があっては、またたちまちオラン君にしゅるしゅるふわんと、肝をひやされるわけになるらしい。

　ゴリラ、チンパ、オランと柵のこちらから三ツを眺めくらべると、オランはおぽんぽんがぽこんと張り出していていてかわいい。ゴリラは脊骨の両側の筋肉が隆々としていて、顔も手も黒いという印象が深い。オランはあの手の関節は蛇腹に畳まれていて、都合によってぐっと長く伸びるのではないかとおもう。三ツとも昔からの冗談に、からだの毛三本が多いか少いかで人との相違を云われている毛物である。類人猿舎の前に立てば誰でも、毛というものについて考えないわけには行くまい。ヒマラヤに棲む雪男とか噂されるあれも、全身毛をもって覆われていると推測されているが、私にももし着物がいらないほどからだじゅうに毛が生えているとしたら、どんなだろうと想像する。人間はなんと毛に弱いのだろう。全身はおろか、腋下一叢の小群落をもって迫られたので、谷洋子さんにみんなは圧倒されたのである。だが、毛のあるものたちはまた人間どもの毛のなさに、どれほど隔りを感じているかわからないのである。毛のないつるんとした皮膚も、思いようによってはおぞましい。私たちも禿に反応をもつし、例になるかならぬかあやしいが、私のうちの猫は禿頭の人を見るとふうっと毛を立てて逃げる。芝居に出て来る怪しいもの、たとえば蜘蛛の精だとか鬼女だとかは、頭部から背・腰・脚をつづいて、なおひきずるほどの深い毛を被ったこしらえである。それは芝居をはじめて見る人ならずとも、不思議ないでたちであるとおもう。人のかたちに金襴ぴかぴかの衣裳をつけ、顔に異様な隈を入れ、厚い毛をしょって、華やかな照明のなかに出て来られては、なにか自分の背中も意識してしまうのである。類人猿の二の腕の内側などを見ていると、やはりどうしても昔の人が、「猿の類と人との間には毛の問題がある」として三本うんぬんと云いだしたのは無理もないと思う。

あれを云いだした人は、きっと猿をよほどよく見た結果だろうと、私はいまさら同感するのである。

動物園では、類人猿はほかの猿より毛が少いのである。

動物園では、類人猿の係をゴリチンがかりというそうだ。ゴリラ、チンパンジーを略してゴリチンである。ユーモラスな呼びかただ。そういうユーモアは期せずして飼育者と動物との間に生れるものらしい。よき交際には健康で明るい笑いがつきもののはずである。動物園のお客さまには動物が主役である。主役が見えるばかりで、飼育係の顔など見えはしない。それでいいのだし、自分の顔もたまには見てもらいたいなどと云う飼育係は、一人もいないのだけれど、私はそこのところが大切なところだと思う。私たちは直接にゴリチンと交際はできないのである。人と動物との間に交された、ユーモアと哀しみと怒りと恐怖とを経験してきた交際を聴かせてもらいたいのである。「たしかにあんたゴリラに恰好が似てきたね。歩く後ろ姿なんかにゴリラの特長はっきりしているものなあ」と云われて、「そうかなあ。自分じゃ気もつかないけど、長年つきあっていつも見ているんだからなあ、似るのもうそじゃあるまい」という素直さなのである。大概の人なら、「ばかにするない！　なんでおれがゴリ公なんだ、ふざけやがって！」とどなるところを、さもあらんと思って肯定しているのである。

私は話を聴こうとして、ゴリチンのお邸に参上するように行きかけて、気がついてお客さんたちの顔をもう一度注意した。心を奪われて、少し笑ったなりに見惚れている人、わあ？　と何か思い考えつつ見ているらしい人、なんとか一ツからかってみたいもんだという悪ふざけのしたそうな人、等々であった。

二

飼育の人は謙遜である。謙遜というか控えめというか、とにかく動物について語るときなかなか用心ぶかいのだ。何々であるとは容易に云わない。「と思うけれど――」と云う。「ことばは通じないし生活も同じではないし、大概こんなところじゃあるまいかと想像する程度しかわからないんですよ」と云う。責任を逃げているのではなくて、現在の階梯では推察の域にとどまっているのだというのである。だから「と思う」という曖昧は、じつは正直率直な言い分なのである。それにひきかえて自分の経験については、こうだったという言いかたをする。「でしょう」とか「と思う」とか「らしい」とかいうことばが会話にかなりたくさん使われ、断定語はほとんど経験による事柄だけに使われている。つまりこの点では、ことばはかなり神経こまかく、正しく使用されているのだ。

　この態度は誰かに似ているという気がした。それは学問をする人たちに似ていた。何の学問によらず何かを究めて行こうとする人たちは、「である」と「と思う」をはっきり気をつけて使う習慣がある。飼育の人は学問をするために飼育を担当する気になったのではないだろうが、熱心に飼育をしていることで自然と、「である」と「と思う」とに厳しい区別をつけて話すことになったのだろうか。私は飼育係を「である」で話す人ときめてかかっていたので、たしなめられる思いがある。人間は動物に「である」ずくめで対えるほど、よく承知しているつもりなら不謙遜である。飼育係の「と思う」は学問する人の態度をもって語られている。

類人猿舎に入る。すぐ、ちょっと奇妙なにおいがあることに気づく。ほそい通路、――これがチンパたちの運動場と寝部屋をくぎっているのだが、通路の頭の上には透し檻の連続みたいなものがある。「チンパたちの専用の通路」だそうだ。移動させるときには、その檻を切り放せば都合がいいようにできている。

頭の上のその檻から声が降ってきた。チンパが一頭、何かの都合で寝部屋にも運動場にも出さず置かれていたので、飼育係を見て啼いたのだ。なんとも云えない哀切な声で驚いた。理解しがたいものにぶつかると、こちらは理解したさにあらんかぎりの智慧をふりしぼって、ああかこうかと考えるものである。チンパの声はあまりにも意味深長で、しかも感動的に打ってきたので、私は試験のときのように目まぐるしくあれこれと思った。ところが困ったのは、こちらの思うどの思いにもあてはまる声で、つまり万能の声だ。哀しい？　そうと取れる。嬉しい？　そうだ。空腹？　そうだ。寂しい？　ああ寂しいんだよ、――これじゃかなわない。まるきりわからないのと同じだ。なるほど、「と思う」である。それでこちらも気が沈んで、二タ心なくチンパの啼くゆえんを考えていると、ぴっぴっと何か飛んできた。驚くなかれ、つばきを吐きかけられたのだ。

係の人は大はにかみだ。自分の息子が失礼をやったみたいに恐縮し、かつあわてて彼を庇って云う。「どうも行儀がわるくてお恥かしい。でもね、あればかり責めないでやってください。はじめはあんなことしなかったんです。反映なんです……どうも云いにくいんですが、こうなるとあれのためにも云ってやりたいんでして。お客様からあさされたんで覚えたんです。つばき吐きかける人がいるんです。」「へえ！」

私はチンパにつばきされたのだが、それは同胞から頂戴したつばき同然で、はなはだ心たいらかでない。

と、どうだろう。こんどはぽとぽと、じゃびじゃびだ。にわか雨のおしっこだ。おしっこというものは、なんという愛敬があるものだろう。一同ははは、へへへと笑った。笑う私たちをチンパは愁いある眼で見おろしている。同行のMさんはさっきのつばきに辟易して、通路の壁面へ身をすさらせていたが、おしっこで笑って何気なくふりむいて、ぎょっとした。ゴリラの顔と手がそこにあった。そこはゴリラ運動場で小窓が切ってあったのだ。チンパのおしっこを人が笑えば、笑っている後ろからゴリ公にまじまじと観察されている。M氏の後頭部は、ゴリラがもし髪の毛を摑む気なら摑める近さにあったのだ。武器を持たない一対一ではとてもかなわないことが身にしみた。動物園は人間の弱さみたいなものを十分に思わせる場所である。

間もなく給食時間になった。動物園の台所へ行く。台所は裏門際の事務所に付属して、類人猿舎とは別棟だ。君子は庖厨(ほうちゅう)に遠く住んでいるといったものだ。食事は云うまでもなく、いろんな点から考慮されているのだろうが、なかなか高級である。スープにコッペ、肉、野菜数種、果物いろいろ。スープは大ポタージュである。火を通した牛乳が台になっていて、卵黄・栄養剤・果汁・穀粉とおぼえきれないほどを合わせてどろりとできあがる。どんな味か舐めてみたいような気がする。洗ったり剝いたり切ったりを男の人が迅速に器用にやってのける。こんなところにも経験の長さの結果が見えている。バナナ・葡萄・林檎・セロリ・小松菜など彩(いろどり)美しく、大ボールいっぱいを運ぶ。

猿たちは時間も知っているし、物音も鋭く捉えているから、通路のしきりをあけてやると、食事と知ってさっさと寝部屋へ入る。だが、見ているとその天井通路を通るとき、やはり手をついて四ツ足で歩いて来るのが、いかにもわれわれと距離がある。寝部屋はガラス張り・コンクリート・蛍光燈、清潔だ。食事を待つ表情、少しはしゃいでいる。係が哺(ほ)乳壜(にゅうびん)にスープを入れて持って来る。ゴリラは長い手をのばして纏わる。係は壁を背にして床にあぐらをかく。彼は右手を係の頸へ巻きつけ、あぐらの上へ乗る。左手はあわれにやわらかく、係のシャツ釦(ボタン)などをもてあそぶ。壜は係が支えていてやる。あの大きな口を一文字にしておっぱい壜を啣(くわ)え、ごくりごくりと、天井を見たり係の顔を見たり、ときにはわざわざ自分の手を眺めたり、あっちを見こっちを見飲むのである。おのずから人間の赤ん坊を想わせられる。ただし赤ん坊どころか、凄い背中で凄い腕である。あれにぎゅっと力を入れられたら恐ろしい。

飲んでしまっても係をかえしたがらない。まとっていて離れない。遊び対手(あいて)になってもらいたいのだ。一日じゅう大勢のお客さんを前にしていても、彼にはそれらがただ過ぎ行く人なのであって、暫時の対面でしかなく、縁の薄さをよく承知しているのだ。係のほうは彼の長年交際してきた友人である。食後もいっしょにいてもらいたい気もちは当然だろう。異郷に、好ましくない生活をして生きている彼である。観衆やコンクリートや新鮮ならざる果物などに、やむなく堪えている彼である。係に取組(とりすが)って放すまいとする、そのまっ黒な長い手はかなしい。心得て係は遊んでやる。しかし遊びも、しょせんはゴリラという高等にして凄まじい動物である。まだこのおすは四歳とか聞くが、見ていてだんだんにこわくなる。えらい纏わりようである。四本の手足がみな同じく利く。係に二本の手しかない感じで、差引二本の不足がいやにはっきりしている。それに力の相違である。多分彼は加減してやっているとおもう。係を傷めて、感情？　を損じることはいけない、と知っているにちがいない。だが、しつこい。突き放されてはごろんところび、ころんだまま噛(かじ)りつく。これでは飼育係はゴリラ対手に連続相撲をしているようなもので、えらい体力消耗だ。「からだは丈夫でないとだめですね」と云っていたのが思いだされた。

猿も人の眼を見つめるし、人も猿の眼を読みつつ、はらはらするような遊びに応じてやって、係は室を出る。ゴリラはぶらんと手をさげ、しまったドアを見あげている。満足と残り惜しさが後ろ姿に出ていた。それから彼は、ひとりになった弾みで大いにあばれ遊んだ。もんどりうつ、ひっくりかえる、掻きあがる、胸をたたく。ありとあらゆる腹ごなし的運動をやった。

ゴリラのお隣のオランを覗く。彼ももう食事はなかば以上を済ませて、葡萄の房を翳して、一ト粒ずつよく見て吟味していた。比較的おとなしくたべているので、またゴリラへ戻ると、もう大のほうの排泄がしてあった。間もなく係が来て、雑巾でそれを拭った。名将は城攻のとき、兵のそれに注意して戦力の度を知るとか聞いたが、動物園では排泄物は重要な資料のようだ。これあるがためにずいぶん動物の健康保持には参考になる。うんちは臭いのみではない。

「ああしてふざけだすと、こわくありませんか。」「こわいなんて気が起きたときは、そばへ寄らないようにしてます。人の気もちを敏感に悟りますからね。動物には絶対に平安と緊張がいります。すぐあれらは反応してきます。」

ある飼育のベテランがいて、その人はよくゴリラたちのところへ来て、指を一本出す。相当馴れた飼育係でもそんなことは恐ろしくてできない芸当だ。けれどもその人にかかると、さしもの大猿たちもいつも大親密で、その一本指をそっと啣え、甘噛みなどまでする。大尊敬なのだ。あるときこのベテランは、何かまったく他のことで不機嫌になって、むしやくしゃしていた。そういうとき誰でも気を晴らそうとするものだ。気晴らしは気に入るものに頼ろうとするのが人情で、お膝もとには人間以上にわかるいい奴がたくさんいる。ぶらり園内を一ト巡りのつもりが、いちばん最初に当ったのが大猿たちのところだった。檻へ指を入れた。あっ！　とも云えず万事休した。爪から先はなくなってしまったのだ。ぱくんだった。大急ぎの手当が施されたが、指のさきは永久に失われた。恐ろしい話だが恐れのあまり大きな猿を憎んではいけない、と云うのだ。人間同士で生じた鬱憤を胸に抱いて動物に対したのだ。人は動物をおこっているのではない。むしろ動物に慰めを求める親しい心があった。だが、動物が直接に見るものは、その人の立腹の感情であったのだろう、という。誰への立腹か彼等の関知するところでない、当然だ。立腹を持った人が突然そこへ立てば、彼等は咄嗟に、それは自分への立腹とうけとる。戦きやすい彼等は急に目前に立腹を見せられて、いつものおなじみなんか吹き飛んでしまう。夢中でぱくんと歯が嚙みあってしまうんだろう。悪意ではなく恐怖であり、攻撃というより防禦だと思う、という。

ためらったのち訊く。「そのなくしものは残っておりましたか。」「いや、なかったようで。……だが誰も確かな証拠を挙げたものはないのです。」

私は暴露のためや、単におもしろがりで書いているのではない。動物はまったく人とは異種のものであり、理解の届かないふしがたくさんあって、馴れもするし察しもつくが、いつもかならず不用意で相対してはいけない、ということが云いたいのだ。ベテランにしてこういうことがあるのだ。飼育係は学問のために飼育しているのではないけれど、飼育を手がけているうちに、学問を志す人と同じような態度も出てくるのに不思議はないのである。

これは、歩きつきまでがゴリラに似てきたと云われて、そうかなと頷いているほど、ゴリラを手がけ馴れてきた人の話である。ある日、閉園間近であった。まばらだがお客さんの姿はまだあちこちしていた。各飼育係は夕がたで用が多く忙しく働いていた。「ビルが逃げた！」と伝えられた。ビルとはゴリラの名である。そこいらにいる飼育係たちもぽかんとしている。信じられないのだ。新しいコンクリートの小屋ができて、ゴリチンたちはそちらへ移ったばかり、厳重で頑丈な新居なのだ。

もっとも変んな気がしたのはその人である。自分の手でいまビルの檻の錠をさして来たばかりなのだ。「ビルが歩いている！」「お客さまのなかを旧類人猿舎のほうへ歩いてる！」と報告は矢つぎ早だ。もはやぽかんではない。急ぐ。

ビルはほんとに歩いていた、お客様のなかを！　だが、幸いなことにお客様は騒がないでいてくれた。お猿電車などで檻の外にいる猿を見なれているので、「散歩に出してある」と錯覚したのだ。勝手に出て来てしまったゴリラだと知ったら仰天だったろう。一大事は錯覚から生じた冷静で助ったのだ。知らぬが仏はお客さまだけで、知っている係たちは戦慄である。その人は夢中だった。――「でも、一卜眼でビルの後ろ姿は淋しそうだと見えました。こっちも興奮してましたけど、かわいそうだ！　という気がしましたね。」

どうした弾みかで檻から出て、外へ歩きだしたものの、知った顔はなし、頼りなくてつまらなく、うろうろしてしまったのだろうと云う。私はここまで聴いたとき、檻に長く飼われた動物の、外へ出てみたもののその行きどころなさを思いやって、そのあまりの淋しさに涙が出そうになった。

その人は「ビル！」と呼んだ。ビルはふりかえって、懐かしい人を見つけた。おそらくまっ黒けな手や顔でふりかえったのだろうけれど。……特有な声で、呼吸を刻んで喜び、その人へ手をつないで、何か云いかけるかのように顔をふりむけふりむけ、O字形の二本足で歩いて住いへ無事に帰ったのである。

「あのとき園のほうじゃ、万一あばれだしたら、もうしようがないから撃っちまおうというんで、鉄砲を持ちだしていたんです。他の動物とちがってあれはどんなところでも登って越しちまいますからね。処置なしの状態になるんです。園としては動物中でも大切な動物であるビルを撃つというのは一大事なんですが、お客様に危険なときにそんなこと云っていられません。ほんとにあの時はかわいかったなあ！　なんとも云えない素直さで、手をつないで来たっけ。もしあばれられたらそれこそ大変だ。」

それはどっちにとっても死闘だったかもしれないのである。お客がきゃあと叫び、あるいは彼が銃口を見つけたら、あるいはその人がまず立腹したり恐怖したりしていたら、ビルは死闘を辞さなかったろう。長年の飼育のなじみが花になって咲いたような話である。人と動物の間には理解しがたいいろいろもあるが、飼育係は動物の身になって考えてやれる人たちなのだ。そのゆえに、ビルの淋しさはずばりとわかってもらえたのである。

二番手

新春三ガ日はどなたもくつろぐ。ましてひとり暮しはいとも気楽で、一年の計など考えようという気はさらになくて、自分の好きなことだけをうららと思いつづけて過ごします。

競馬が好きです。あそこでなら日がな一日、最終レースまでいても、時間を損したなどと思ったことはありません。レースとレースのあいだには、劇場や映画館の幕あいのような一寸(ちょっと)したひまがあります。劇場ではあのひまをじれったがる私が、競馬場ではいらついたことがありません。いま済んだレースの残像が見えているんです。先頭の馬のしっぽの流れ、ビリの奴の耳のとんがり、そんなものが目に残っていて興奮しています。かと思うと、馬も騎手もぽっかり忘れはてて、なににつくともなきぼんやりした平安に、心みち足りていることもあります。

私をはじめて競馬場へさそってくれたのは、ご夫婦して馬好きなひとでした。その日はあいにく小雨の降ったり止んだりする暗い日でしたが、待合わせの駅へいってみると、そこに鮮明なカナリヤ色がありました。奥さんのコートです。はじめての競馬ゆきで多少ぎつくなっていた気のたかまりが、ふわっとカナリヤ色で柔らげられたことをおぼえています。

「あの馬はオモババが得手だから。」

カナリヤ色の奥さんはご主人にそう話していました。雨を吸って重くなっている馬場をそういうのだ、と教えられましたが、レースを見ればそれがよくわかりました。走りづらい重い土を蹴って、ひたに駈ける馬の脚のその細さは、優美で勇壮で、そしてかわいそうでした。私は自分が馬の脚になったような感動があって、オモババという言いかたを実感いたしました。以来、仕にくい不得手な針仕事などをしている時に、よく、コイツ重馬場で苦労させやがる、と思うんです。

それがきっかけで、その次はもう自分一人でいきました。あそこは一人でいっても、すぐに話相手のできてしまうところです。レースがはじまってワイワイがあがあ叫べば、そのとき隣にいる人はもうたちまち友だちです。そして気に入らなければ、三尺もどいてしまえばそれでまた忽ち、友人解消です。

馬券も買うには買いますし、時たま当ることもあります。私のが当れば、それは本当のまぐれ当りです。スルのは好きじゃありませんが、当ってもどことなく相済まない気があります。駈けてくる馬の懸命な顔が、お札の印刷にダブってみえたりするからです。競馬のかぎりでは賭け金ではのぼせない、といったところでしょうか。
ではなんで競馬が好きなのかといえば、やはりウマです。私は行きずりの一ト目惚れが大好きで、且つ大切に思っているのです。ためつすがめつした上で惚れるのも、執念惚れでわるくはないけれど、いきなりひとつ雷に落ちられたようになって、急遽惚れるのもいいものです。おもしろい。私の馬好きもそれ式で、血統だの戦歴だのをしらべたりはしない。面倒です。次のレースに出場する馬が、曳馬場につれてこられる時が、私の惚れる惚れないの瀬戸際です。ひと目でくわっと来る馬があるものです。一つ雷です。雷は不意ですが、私は惚れようと待っているんですから、ぴかっとした時のうれしさ。

　そういう相手が必ずいるとは限りませんが、早まって匙をなげるのはいけない。居眠りしているようなノロ馬と見えるものが、騎手を乗せるトタンに、ぴっと精悍そのものになってしまうことがあります。そうなると私は夢中で駈けだして、馬券の窓口へ突貫です。惚れたものへお金をだすこのおもしろさ。

　けれども私がほんとうに夢中にさせられるのは、もっと別なことなのです。それはレースの度に、かならず先頭の馬と二番手の馬がいることなのです。私はこの二番手を走る馬ほど好きなものはありません。先頭でもなし、三番四番と落ちているのでもなく、二番を走っている切なさ、苦しさはどんなものだろう、と思います。追い抜こうとする気の逸り、追われている苛立ち、こんな哀れ深い、せっぱつまった姿ってあるでしょうか。そうなるともう私はめちゃめちゃです。まわりの人たちの騒ぎにまぎらして、にばんてえ、と叫びます。自分の買った馬ならなお興奮しますが、実はどれだっていいんです。二番手をあがいているものが、私のひいきなのです。

二番があがれば二番が一番。一番だったものは二番三番におちる。これが勝負です。でも、いつも常に、二番でせっぱつまって走っている馬がいるんです。一番との間をぐうっとつめてきて、並んで、そしてハナがせります。その時の二番をみて下さい。もうすでに力はつきそうになっているくせに、懸命です。そういうのもあれば、悠々とあまる力をだして、颯爽と脚が伸びているのもあります。美しいというか、立派というか。ぶるぶるする興奮があります。

ですから私はレース中途から先頭に出た馬が、逃げきってゴールする勝負はおもしろくないんです。

もしいつか書けたら、二番手ものがたりといったふうなものを書きたいと思います。けれどもこのところ、ずっと競馬場へはごぶさたをしています。TVでみるだけですが、それでさえ、二番手がムチをいれられるときは、私にもぴしりときてがまんがいります。こういう私のウマ好きは、うちのものからは嘲笑を買っていますが、好きなものは仕方がありません。

杉

一

去年は、縄文杉に逢うことができて、この上ない仕合わせな年だった。かねてからこの杉に逢いたくて、何度か予定をたて仕度もしたのだが、どういうものかその都度、さわりができて果せないでいた。それを今度は、大勢の方の好意をいただいて、すらすらと願いが叶った。木に逢いに行くのなど、なんでもなく叶うことのように思うが、それがそうとも限らない。なるほど木は、住居を留守にすることがないのだから、こちらが行きさえすればいいわけで、ごく簡単なことなのだが、調子よくいかないことだってある。縁だの運だの時だのと、古めかしくいえば笑われるが、私は古人間だから、出逢いということにはそれがあると思う。かねてのことが、今度は縁を得たのだった。四月なかば、南の島ゆきにはちょうどいい季節だったし、手配も万全に整えられていて、これ以上ない旅だった。

屋久島は、鹿児島から百三十キロ、佐多岬から六十五キロ、種子島から南へ先隣りといったところ、ほぼ円形の、周囲百五キロの島。海岸ぞいに少ない平地がめぐり、中央部に二千米近い山が二つ、それをとりまいて千米以上の山々が連なっている。したがって島は円錐形をしている。風景を一見してすぐ感じるのは、はげしいというか鋭いというか、引締ったものがあることだった。とはいうが南の島なのである。とろりとした伸びやかさが漂っていること勿論である。他を知らないので判断をしかねるが、特殊な風景なのかな、と思った。気候は海岸地では、年平均二十度前後、夏はかなりな高温と思われる。ひきかえて山岳部は、海岸地の気候からしては考えられないほどの低温で、雪は四月ごろまで残るという。雨はこの島の名物、林芙美子さんが〝一ヶ月に三十五日の雨が降る〟と書いたそうだが、まさにその通りの、最多雨地だそうな。しかしそんなに降っても、川は濁らない。山は花崗岩だからだという。濁らない、ときいて、ふと暴風雨の時はどんなだろう、と想像した。ここも台風は相当ひどいらしいが、そんなとき花崗岩の底をもつ、急傾斜の谷川を、大量の透き通った水が、どっどと荒れ狂って溢れ下るとすれば、それはいったいどんな光景かとおもう。濁流もこわい。が、暴風雨下の濁りなき奔流は、かえって一段とすさまじいものではなかろうかとおもう。

島ではむかしから、鹿二万、猿二万、人二万といわれてきたというが、動物の種類は少ないようである。その代り植物は、海岸地の亜熱帯植物から、山頂部の亜寒帯植物まで、せまい地域内に広い分布があるのだ。以上がざっとした島の様子である。

屋久杉は、屋久島に生育する杉のどれもをさす呼名ではない。樹齢千年以上のものにしかいわない。千年以下は小杉という。千年を基準にして、屋久杉と小杉をわけるとは、なんというきびしさか。そうきけば、屋久杉がいかなるものかということも、その有難さもぐっとくるが、同時に小杉の小の字には戸惑う。軽く千年以下というけれど、千年はまず別のこととして、普通なんの樹種にしても、二百年三百年の木は、これは大木というのが常識だろうに、それを小という。小杉といって私が思うものは、苗から十年か十五年くらいのもの、二百年三百年はどう思ってみても、小杉という柄ではない。それはまあ千年という、生物にとってはとてつもない基準をおき、しかもなお加えて、現に二千年三千年の木があるというからには、二、三百年は小でいいのかもしれないが、牛やチータを、象に比べて小動物だというのでは、なにか変な気がしてしまう。つまり私は、小の字の消化不良をおこしたわけである。それでなんだか胸のおさまりが悪いので、地元の営林署の人にごちゃごちゃといいかけたのだが、それは実物をみればすぐ納得いきます、とあっさりいなされた。

さて最初に案内されたのは、海抜千米のヤクスギランドと名付けられた、自然休養林だった。誰でもが静かに屋久杉を観賞できるようにと、林内には細い道がつけられている。二人ならんでは歩けない細い道である。いい配慮だ、と思う。名からすると、杉ばかりの林だと思うが、混交林だから変化があっていい。

ところがここへ着いた午後には、島名物の一ヶ月三十五日の雨が降りだしていた。もちろん全員雨仕度で、傘をさしての行進である。道が細いから、一列縦隊で歩いていくのだが、雨は本降りにはげしくなる。傘が重いと感じる雨量だから、これぞ島の雨といえるものだろう。あたり一面、白く煙って、その中に針葉の青と広葉の青が、めいめい樹形のちがいを鮮明にみせながら、現れたりかくれたりする。この雨ならではの、なんともいえない美しさである。しかし、見惚れるにも用心がいる。足許は道もなにも、流れになっていてすべり易いし、傘の中も雨になっていた。布目を弾いてしぶくので、目が濡れる。眺めたい時には、しっかりと介添えしてもらうのだが、見まわしている間じゅう、あとに続く人を雨の中に待たす。申訳ないことだけれども、何度かそういう我儘をした。そうせずにはいられないほど、この雨の、この混交林はうつくしかったし、酔ってゆく時のようなこころよさがあった。もしこれよりもっと強く降るのが、ここの雨の常だというなら、よかろうじゃないか、見せてもらいたい、強ければ強いだけに、またもっと違う見ごたえもあろう――というようなそそられかたをしていた。

とはいうけれど、山の道をこの雨に上ったりおりたりは、呼吸にも足にも相当こたえた。熊本営林局の方が案じて、手で引いたりバンドへつかまらせたりして下さったが、そしてこちらは遠慮もしていられなくて、体重そっくりを掛けて引上げてもらったが、それでも呼吸は苦しく、足はつらく、すべるまい転ぶまいがやっとの限度だった。ここをスケジュールの第一日に組み、雨でも予定を強行したのは、翌日本番の縄文行きの予習、足ならしだという。なるほどと思う。が、私はこの下稽古でさえ、もう落伍しそうで、あすのことなどは頼りないかぎりだった。

　そんななかで、はじめて第一番目の屋久杉を近々と見た。それは谷川のそばに立っていた。最初に目に入ったのは、ぐっしょり濡れた幹だった。根から少し上った部分で、太いと思った。それから足場の平らなところを探し、足許をきめてから、上へ見上げようとした。けれども雨は強く、うす暗く、眼鏡なしでは視力が届かず、遠用の眼鏡はかけてみても、雨と体温でくもってしまう。目をこらしても枝の分れるあたりは、遠近があいまいでよくは見えない。それなのにその部分に風が通ると、雨に濃淡ができるのが見える。高さをみることはあきらめて、根をみる。細根、といっても腕ほども太いのが、地表に浮いて、縦横にひろがっている。投網(とあみ)を連想した。投網の先には錘(おもり)がつけてあるが、このごぼごぼと浮上った根の先々は、ちょうど錘にも当るほどの力をいれて、一心に土を摑んでいるとおもう。細根は木という仕組みの末端だが、仕組みの末端が負っているその努力、その強さ。人にふまれ、赤むけになって、だまって濡れている投網型の根をみていると、木は一生、住居をかえない、ということへ思いがつながる。生れた所で死ぬまで生き続けようと、一番強く観念しているのは根にちがいない。

　普通、根と木との際(きわ)をきめるのは、土である。土をはなれて立上ったところからが木になる。根と木はもともと一つにつながったもの、それに境をつけるのが、小さくてぱらぱらの、土粒の寄合いだからおもしろい。立派な役所だ。しかし、正しくは木と根の境は、どこからなのだろう。若い木は、土をはなれた部分からが木だ、ということがはっきりしている。だが大きくなると、ややこしい。土際からなお若干まで上の部分を根といったり、根元といったりする。根が抜けあがってきたのを指すのか、地上何尺かを根のうちに含めていうのか、よくわからない。もともと一本のものだから、うるさいせんさくはいらないが、老木をみるたびに曖昧なのである。いまもまた屋久をみて曖昧なのだった。土を境に立上った部分は、木か根か、どちらとも受取れる。ただ、幹というには少しちがうようだ。根張りという言葉もきこえていたが、すると根である。立上りともいわれているようだった。これが一番ぴたりだが、すると根、立上り、木または幹なのか。それとも何も彼もひっくるみが木なのか。どうでもいいけれど、屋久はその曖昧な部分に、際立った力感を示していた。千年を支えてきた、我慢の集結といった強さをみせている。若木は土際から、きれいな円形ですんなりと立上る。それは過去に我慢や、忍苦を強いられたことのない、めでたい円形であり、素直さだ、といえるかもしれない。屋久の立上りはすんなりしていない。円いともいえない。くだくだしいのをあえていうなら、怒張した脈管と引吊れた筋とが、競りあい搦みあい、ある部分は勢いあまって盛り上り、ある部分は逆に深く刳れこみつつ、自重を長くささえてきた故の、これは大きなでこぼこをもつ変型といえ、ただもう力、力の立上りである。力強いといえばこの上なく力強く、しかしまた、見る目にいたましい我慢の集積でもある。私は都会のくらしでひ弱く老いてきているので、たまに自然の中へ出て、こうした強さをみると、すぐに切なくなってしまうが、屋久は雨中になんのこともなく直立して、清げだった。

　道はヘアピン形にのぼる。すこし登って立止まると、いまの杉の全姿がわりによくみえる。風が白くけむる雨を連れて、杉を通りぬけていく。通りぬける時、杉へ雨を置いていくのか、雨は白さを淡くして行過ぎる。そうか、わかった、ここでは雨は杉へのお届けものなのだ、とのみこめた。それでもう一度、風が雨を連れてやってくるのを待った。そしてお届けものは雨というより、羽織だと見立てた。軽くふわっと着せかけて、通りすぎていくような感じがあった。ちょっと離れてものを見る不思議さ、この柄洩(えも)りするほどのきつい雨には、情も色気もありはしないのだが、それがふわりと着せる羽織の面影を映すのだからおもしろかった。

　翌日は有難いことに雨は上って、曇空ながら、今日は降らない、と地元皆さんの予報があった。くるまで一時間、その先を森林トロに乗りついでまた一時間ほど入る。途中のところどころに、木々を突抜いて立つ、屋久の巨木がみえる。トロの終点からは、歩きになるのだが、おりて行手を見た瞬間から、もう駄目だ、とおびえた。とてもそんな勾配の、しかもそんなゴツゴツ石だらけのところを、この私がのぼれるわけがなかった。だいたい山の中を歩くのは、これがはじめてである。足よりも先に、まずもう目でまいってしまって、どうしたらよかろうと迷った。しかし一行十何人の皆さんは、私の心中に気付く筈もないから、にこにこ促して、さあという。行くとも棄権ともきめかねたまま、とにかく歩きだした。百歩も行ったろうか、足がこわばりだしたし、呼吸がくるしい。早くももう、引いてもらう。そうなると気もきまって、ままよ、行けるまで行って、と思う。そのうち、引いて押してになり、その次は引いて押してかかえてになる。それでもその上に、やたらと休まなくてはもたない。休む時以外は、風景も樹木もなにも見ず、ひたすら見るものは、ひと足先を行く、引いてくれる人の脚だった。もう何も思いわずらわず、ただ、好意を受けていた。

　ウィルソン株はウィルソンが、大正三年にみつけて感動したという伐根である。根まわり三十二米、切口直径十三米、樹齢推定三千年という巨大なもの、屋久杉は油の多いせいで腐りにくいから、今もこの切株は無事で残っている。ここはなんともいえぬ、いいところだった。六根清浄（ろっこんしょうじょう）というか、しんと打ち鎮まって、ひとりでに心あらたまる所である。ウィルソン株を中にして、みごとな小杉が何本も並んでいる。樹齢二百年くらいという、すうっとすんなり素直に成長した、円い幹をもつ大木である。こういう木は見ているうちに、こちらの心も伸びやかに、素直になる。しかもこれが何本もあるのだから、強い印象をうける。高木のてっぺんに神が降りるというが、そういうことの肯ける場所だった。ここに比べるとヤクスギランドははるかに人くさいし、木々もまた人なれがしているとわかる。ここの木々の現在は、まだまだ人目の垢を蒙っていず、清浄だった。

ここから道は更にきつくなる。足はもうとても使いものにならない。おぶってあげるという。そして私の体重を五十一、二キロかといいあて、そのくらいなら背負って行く、という。東京をたつ時にお医者さんにも家人にも、欲をだすな、と呉々（くれぐれ）きびしくいわれてきたのだが、負うてもらえるときくと、俄然として欲がわいた。ウィルソン株は千米、縄文は千三百米、距離はどれだけかしらないが、高度は三百米だけの差、図々しいが負うて連れて行ってもらえるなら、かねての念願が遂げたかった。

紐もなく、手もかけずに負うのだった。それもうんとこ、やっとこと行くのではなくて、登りも下りも石から石へと、弾みをつけて跳ぶ。勾配がきつければ、なお弾みをつける。時には足と同時に手もさっと出て、あやまたず手掛りの石をつかむ。その機敏自在な運動といい、道のはかどりの早さといい、おどろくばかりだった。だがすこしこわくもあって、ひやひやしていると、おぶわれるのも気疲れするものだが、安心していて下さいという。相済まなくて、有難くて、背中で恐縮していた。

縄文杉は、正直にいうと、ひどくショッキングな姿をしていた。これが杉かと疑うような、不恰好だった。根から十八、九米くらいのところ迄の幹が、横にどでかく太く、そこから数本の枝がわかれ、幹の太さは急に減る。枝振りもよくない。杉は丈高くまっすぐで、頂きの尖った三角形、という姿が常識であり、端正というイメージである。この通念は縄文の前では、形なしである。太さと高さの比例も美しいとはいいかねるし、三角も崩れているし、およそ端正とは遠い。根まわり二十八米、胸高直径五米、樹高三十米、コンピューターの計算では、樹齢七千二百年という。発見は意外にも、昭和四十一年。この狭い島だというのに、こんな巨木が長の年月、人目にふれることなくいたというのは、不思議だ。

屋久杉は総じて、こぶこぶ、でこぼこのようだが、この木はまた特にそれがひどく、幹全体が瘤の大波小波で埋めつくされている。その幹が上のほうまで枝がないので、むきだしのまる見えなのだし、しかも周囲二十八米の太さだから、目に来るこぶこぶの面積はひろい。その上にもう一つ、瘤をどぎつく見せるのは、皮肌の色なのだ。杉の樹皮はもともと赤褐色だが、これにはところどころ灰白色の部分がある。曝(さ)れてなのか、白髪のようなわけなのか、赤褐色のなかに灰白色の筋がうねっているのは、おどろおどろしくて不快だった。根は広い範囲にわたって地上を這い、縦横あやにかけてのた打っている。これも曝れてか、踏まれてか、皮がむけて白く裸になった部分が目立つ。なにより不気味なのは、ひと目みれば忽ちわかる、古さである。機械が算出した七千二百年の信、不信はどうともあれ、見た瞬間にすぐもう、直感的にこれははかり知られぬ長生きだ、と肯(うべな)わされてしまうのだから、なにかは知らずあやしい。岩石などなら、七千年でも抵抗はない。が、生物でそんな長寿が信じられるだろうか。それなのに、見ればその常識をこえた長寿をのみこむ。樹容も異様でショッキングだし、樹齢もまた不気味な迫力でせまる。

本当のところを打明ければ、私はおびえていた。おびえているから考えることもなみを外れるし、並外れを考えるから、またそれにおびえる。この杉は、なにか我々のいまだ知らぬものに、移行しつつあるのではなかろうか、などと平常を外れたことを思ったりして、だいぶイカレていたのだが、同行皆さんの厚い好意の手前、感じたままのあしざまはいえない遠慮があり、その遠慮でイカレをかくした。昼のお弁当が配られたが、胃はしかんでいた。手足も限度だった。ただ有難かったのは、背中に陽があたっていて温く、暫時の居眠りをするにはもってこいだった。眠ろうと思えば何処ででも眠れるのは、私の得意わざである。

いくらか元気回復して眺めれば、さっきとは大分にちがってみえた。縄文はやはり、中分のない別格だった。太くずんぐりした姿には、悠揚の雰囲気があり、太さに較べて丈が足りないのは、いつも梢に荒い風が吹き当てているからで、いうならば忍耐の姿だろうか。端正ではないが、剛健である。醜怪とみえた幹の瘤も、浮き出た根張りも力であり、強さであり、華奢な美はない代り、実力のたのもしさと見る。樹皮の色がおどろおどろしく思えたのも、改めて見てみれば、手織の織物のようで好もしい。杉皮はやや不規則な畝を刻んでいるものだが、その畝に褐色と灰色の二色が施されていれば、いわば縦しぼ織の、乱立縞（たつじま）かやたら縞という趣きである。この老巨杉は、姿は武骨なのに、ずいぶん粋な着物を着ているものだ、と興ふかく思う。からだが疲れていれば、心も疲れ、心が疲れていれば、目も誤ってしまう。逢いがたい杉に逢いながら、一度はいとわしく見、二度目に好ましく見直すことを得て、ほっとした。縄文はやはり一位も一位、ずば抜けた風格である。ただし、風趣風韻（ふうしゅふういん）では、大王杉と呼ばれるものに譲る、と私は思う。

帰路はもうほとんど歩けなかった。右の足を踏みおろせば、うしろに残った左の足が、手をかけて引っ張っても、いかなこと動こうとしないので驚いた。来年はもうダメだが、今年ならまだなんとか、と思っていたのは、いい気なもので、介添さんの手と背があったからこそ、あぶなあぶなでやっと逢えた屋久の杉だった。逢えたというが、逢ったというのではなく、ただ、表面の形をみた、というだけである。それもはっきりとではない。根まわり二十八米、胸高直径五米といっても、その太さ大きさは私には摑めていない。帰京して紐でもつないで計ってみなければ、どうにもわからない。でもそれはまだ何とかなろうが、問題は、あの巨杉をどう考えたらいいか、ということだった。

二

東京のある銘木店が、長年の得意先へ感謝のこころから、なにかいい催しごとをしたいと、いろいろ考えた末、屋久島の縄文杉見学旅行へ招待したところ、これがぴたりと皆さんの意に叶って、たいへん喜ばれたという。商売の上では古くから扱っている屋久の材だが、立木の姿で見ている人は少ない。いつか一度は見ておきたい、と気にはとめていても、多忙に押されてという人ばかりだそうな。

参加者は、足の強い人も弱い人も、ともかく全員が縄文杉の前に立ち、めいめいに感動し、それぞれに感想を語りあい、賑やかなことだったという。そして宿に戻って寛いでのち、七十何歳という長老格のお年寄が、おかげさんで今日は、生涯一番のいいものを見せてもらって、まことに堪能した、と催し主へ礼をいったそうである。いいもの、という言葉を、なるほどと思う。いいもの、とはふわっと大まかな言葉だが、いとおしくも思い、大切にかばいたくも思い、貴くも思う気持が含まれる。長年手がけてきた商売だから、材としても充分に見たと思うが、それならそれは自分の眼力にかけて言った、いいものである。けれども同時にもちろん、商売をはなれた心で、純粋にこの巨杉をたぐいなきもの、と讃嘆していう、いいもの、なのだろうと思う。やはり一つの道を貫いてきた人の目はさわやかであり、目が確かだから杉がどれほど大きかろうと、見たものはきちんと心に納められ、心に納まりがあるから言葉も、自然にいい言葉がでてくることになる。私はそういかなくて困った。縄文杉は目からも心からもはみ出していて、始末がつかなかった。

学んだことがないのだし、諸処方々（しょしょほうぼう）の杉も見たことがないのである。無知無経験のものの持つ手立ては、体当りしかなく、はなはだ心許ない方法だが、それにはそれで無知なりの感動もあって、けっこう楽しい。私にとってはその感動がたよりなのだが、こちらの狭小な感動範囲は、ひとたまりもなく縄文杉には跳ねとばされた。そうなるとものを考えるよりどころのないのは、惨めである。手も足も出ない。今はもうその日から一年近い時間がたっているのだが、あの常の杉とはちがう縄文の樹容、あのコブコブ（縄文はとくに多数のコブだが、縄文に限らず、いったいに大木の根まわりにしばしば見られる、コブというか、盛上りというか、とにかく平易でないうねりが思い合わされ）、それに七千年という想像をこえる樹齢等々、いまだに何一つ心に納まったものはない。

総じて屋久杉と呼ばれる、長命の大きな杉が、なぜ生き続けてこられたか、ということが話されていた。いくら強い木でも、無事に大樹に育つには、やはりどうしても環境のよしあしがある。ぽつりぽつりとあちこちに点在する屋久を見ると、共通の条件があるのに気付く。海抜は千米から千三百米くらいの間、傾斜があまりきつくなく、小さい盆地のような地形、従って烈しい風あたりから逃れた場所、いくぶん深く土があること、また近くに沢があって、水分に恵まれている等の諸条件が共通していた。

さらにもっと推察すれば、若木のまだ弱いうちは、周囲に適当な高さの木々があったほうがよく、これは風その他の害から守ってくれる。しかし、やがて強く成長すれば、充分な日照を得るために、それらの木は邪魔になるから、新陳代謝してもらいたい。こういう好都合に運よく当ることも、屋久杉と呼ばれるまでの長寿をかちえるには必要らしい。それにしても島の風土はきびしい。いったい杉にとっての営養はなにかといえば、あるものは太陽と雨――つまり日光と水とだけなのである。これでよく巨木に育ち、よく長生きができると疑う。だが、これだけしかないのである。

けれどもまた、この乏しさが大いに役立つ。いろんな病気のもとになる、悪い菌が生きられないからである。低営養の代りに病菌もない清潔さ、乏しい暮しでも強く育つ、とはなにやら聞く耳のちくちくと痛い話である。ともあれ屋久杉は、お大尽育ちではない、という。

営林署の苗圃をみせてもらった。請うて、よその勤務先から来てもらったという、まだ若い主任さんだった。自分の子よりも心にかけるし、自然と面倒見よく、手間ひまかけるという。苗を育てる人は、どういうものか優しい人が多い、と署長さんもいう。一定のところまで育てあげれば、抜いて、今度は山林に移し植えるが、手塩にかけたものを送り出してやる時は、ただもう無事な成長を祈るのみで、いうにいわれない寂しさを無言にかくして、植え手さんたちに、どうかよろしくと願うのだそうな。

植え手にはまた、植え手の心がある。署員で植林を担当した人が、停年で退職するとき、その労をねぎらうための休暇があるのだが、署長が心づかいして、温泉にでもゆっくり休むようにとすすめても、喜んで出かける人はないよしである。温泉に行くくらいなら、自由に山へ行かせてくれといって、かつて自分が植付けをした、一寸気軽には行けない狭間や高い所を、見にまわるという。そして帰ってきての報告は、頼もしい若者になっていたという喜び、なにが気に入らなかったのか、あの谷へやった子は、少し機嫌がわるい様子で、という愁いだ。一度植えれば、それは終生の子として思い、〝どうしてどうして忘れるものじゃない〟と署長は話した。それは退職前の、仕事のしめ括り、確認でもあろうが、それ以上に、親心であるし、無事に成長していたとて、国家のためなどとは決して思ったことなく、また仮りに、思わしい成績でなかったとしても、それは世のため人のために愁うのではなくて、その人達はいう――ただ自分がうれしかったり、心配したり、それだけのことです、と。さすがに森林の人たちはちがう、いうことが清涼だった。

苗圃には、本葉になったばかりの苗が、みっしりと勢揃いしていた。どれも針葉三本を、誇らかにもち上げている。三つの針葉は、つまり杉なのである。この小さなものが、あの屋久にもなるのかと、遥かなはるかな気がする。おもしろいのは、よく見ると、三針葉ではなくて、四本のもある。これは規則外れである。種がちがうのかときくと、笑って、そういう愛嬌ものもいるんですよ、という返事だった。

第三部

週間日記ほか

週間日記

金曜日

目がさめたら八時すぎ。寝すごしたという、いやな気持。この冬になってから、度々寝すごしをする。前の晩に、あすは八時すぎまでねていよう、と思って眠ったのではなくて、いつも通りに起きるつもりがぐっすりなのだから、しまったといったような嫌な気持だ。

午前中はなんとなくまごまごして用事が捗(はかど)らず、午後ひとを訪ねれば不在、すこし買物して二時半と約束した来客におくれぬよう帰宅、とたんにそのひとから詫びの電話、都合で三十分おそくなる、と。朝から万事が半間(はんま)だったが、この三十分でやっと時計が合った感じ。おふゆさんを思いだした。大層上手に働くひとで、女中さんの名人などといわれていたが、時々は、「立っている日」になってしまうこともある、といっていた。ちょっとしたことから手順が狂って、終日すわるまもなく、うろうろと立ち通しなのを、苦笑していたのだが、なつかしく思う。三時来客、三、四十分。六時、節ちゃんがきて、楽しく話す。性格もからだつきも、好みもすべて違う従姉妹(いとこ)のおもしろさ。

土曜日

二枚の原稿かく。今年はこれでおしまいの原稿。念をいれてしようという気があるのに、人出入りと電話が多くておちつけず、結局やはり納まりの悪いことで終り、机のまわりをかたづける。いらなくなった紙屑が、大きい屑かごに二杯。

きょうで家政婦さんにもお休みをだす。本当は自分も年末は忙しいし新年は休みたいのだから、いてもらいたいのは山々だけれど、ここが我慢のしどころだと思いきってお休みにする。自分が休みたければ、人も休みたいにきまっている——という合点だが、どうも元のとれない勘定のような気もする。若い時から年末新年は、ふだんよりよけい忙しい家事をやらされてきて、こう老いての今も身はらくになれない。支払勘定ばかりみたい。ともかく今日帰すのだからと掃除やかたづけを手伝う。すると彼女煽(あお)られてもたもたし、「あなたに手伝われると気ぜわしなくて、ヘマばかりになる」と愉快そうに笑う。だから面白くなって、もっと煽った。しまいには一仕事ごとにあはあは二人とも笑って、いいお年をと挨拶しあった。いい別れだ。我慢のしどころ効果ありか。いちばん小さい松の枝買う。お供えはあとが食べきれないので、今年ははぶく。夜、二十四、五と二日つづきで某建築現場を見てきたおぼえを、まとめておこうとするが、家事をはげんだあとはいつも決って、なんだかひどく鉛筆には怠けたくなる。とうとう果たさない。

日曜日

借りていた脳の解剖書を見る。文字だけなら殆どわかるまい本だけれど、大きな図があるのですこしだけ見当がつくのはありがたい。人がきて、気味のわるいものをという。図を気味わるがるのか、それを見ている私を気分わるがるのか、ちょっとまよう。どちらにしろ、まあいい。浮世の歳末の忙しさなどは、ぴたりと忘れさせる力をもつ本だ。暮の二十九日を脳の図ですごしたのは、生まれてはじめての経験。

月曜日

お医者さんへ行き、解剖書をかえし、二回目のかぜの予防注射をうける。帰りに銀行へ引出しだ。銀行へ来ているお客さんの顔を見ると、えらく呑気そうな人と、まだうんと用を抱えてるような表情の人と、ふた通りだった。午後、支払いをすませる。

おなじみの長い某社の編集の人たち三人が、忘年会にさそってくれる。すこし趣向のある会で、おもしろいひと時だった。

娘がお正月の花とお供えをよこす。床の間へはピンクのカーネーション、玄関へはバラ。苔松などではとても手に負えぬ、と心得ている贈りものだ。お供えは神棚用の一寸のもの、来年は本卦（ほんけ）がえり、縁起ものだからという。

火曜日

おおみそか。午前中、ちょっと出かけて洋酒一本とあずき少々かう。あずきは、毎年きっと元日に来てくれる、煮あずきの甘いのが何より好きというAさんへのもてなし。帰宅すぐ煮る。同時に牛の舌も火にかける。これは私の好きなもの、下手でも自分で煮たのがたべたいのだから仕方がない。でも、茶の間にいるとあずきの匂いとタンの匂いとが、ない交ぜに流れてきて、どうにもあまりうまそうな匂いとはいえなかった。

夕方、思わぬに、もう古くなっている貸し金が、返された。それにつけてまた思うのだが、毎年みそか大晦日に迫ってバタバタして来るきまりの人が、今年はどうやら定まったらしくて、月なかにお歳暮をくれて姿をみせないこと。

洗髪をすませて、テレビなどたのしむ。猫がまっ黒けなのに気づくが、拭いてもおちぬ。

水曜日

元日。目のさめるのを待っていたように、猫がなきかけた。ゆうべの汚れたままの猫だが、新年の第一声を祝ってくれたらしいのは、うれしい。ゆうべテレビを見ながらかいておいた鰹節を、ご返礼にどっさりふるまう。自分も簡単におぞう煮。天気もよし、さほど寒くもなし、まずは平安ないい元旦だ。

玄関の年賀客二、三。ひるごろ娘夫婦が二人の子をつれて、挨拶にくる。あずきのひとも来てくれて、家の中に声があるという感じがした。常に無人だからたまに人の声が満ちると、声とはこんなに華やかなものだったかと思う。静かに暮れた。

娘から電話、夕食に誘われる。こちらもご飯をたいている最中だったが、行く。上が二歳二カ月の、下が八カ月の二人では、何もかも無茶苦茶なさわぎで、会食もなにもあったものではない。だが何とは知らず子供から活気がのぼっていて、おかげでお盃二つであつくなった。

人はよく、私が年中行事にくわしく、きちんきちんと行儀作法正しく、古いしきたりを守って崩さぬ女のように、思いちがえているようである。それはたしかに、部屋のまん中や、ふんごみ畳へはすわるなくらいの常識は教えられたが、それ以上の正月の式作法など、第一教えるほど豪勢な住居もない父親の生活だったし、また私自身もそうだった。それでも父には多少、父のやり方があったのだが、それもはっきりと終戦の翌春にはやめてしまった。お屠蘇の道具やお重も焼けてなくなったし、新しく求めることは不可能だったし、そのとき父が「もう強いて心をいためて、昔通りにしようとするな。それよりおまえが気らくで、わずらいの少ないと思うやりかたでしたほうがいい。おまえの年齢がそうするに丁度いい年齢だし、時代も丁度そこへきている」といった。以来、多少の父の習慣もうち切りにして、私が心身ともにあくせくせずに済む程度の、平安な新年をする。もともとなけなしの行儀の常識も、いまやいよいよ影がうすれて、その代り呑気な休憩がたのしめる。だがあの時おやじさんに、釘も一本うたれているのが忘れられない。「――崩れたにしろ、崩したにしろ、それだけが能だというんじゃバカだ。崩れたからには、崩したからには、新しくもっとよくしようという気をもってもらわなけりゃね。」そのことは毎年思いださせられるのだが、なかなかいい正月の形というのはできない。

木曜日

くもって寒い。きょうは書きぞめの日。毛筆はきらい。筆で字を書かされるのは、刑罰くらいコマル。朝、硯箱をのぞいただけで、遠慮しておく。あたりまえの日のはじまりである。

夕方、娘がまた夕食にこないかと誘う。だがきょうは断って、自分のごはんにする。

「なやんでいます」の答え

商店の主婦ですが、今月は決算の月なので、ボーナスについてお聞かせいただきとうございます。

幸い私の店は業績が上がり、ここ三、四年間毎期給料の三カ月分のボーナスを出しております。店員は男五人、女十人ですが、ほとんど二十前の若者ばかりなので、むだな経費もかからず、黒字経営が続いています。各人に定期預金をさせ通帳は店で預かってなるべくおろさないようにしていますが、若い連中のことですから、ボーナスをよけい渡すと金のありがたみがわからなくなりはしないか、と心配です。売り上げの伸びていることはみんな知っていますが、競争が激しく利益は少ないと言い聞かせてあります。

ことしも去年同様にボーナスを出すことになると思いますが、年齢不相応の大金を渡して、みんなに心のゆるみから、金づかいを荒くさせないようにするには、どういう指導を行なったらよろしいでしょうか。どうぞ教えていただきとうございます。

（商家の主婦）

【答え】 好成績で黒字で申しぶんない状態の上に出てきた、いわば明るい悩みですから、本来は「なくて済む悩み」ではないでしょうか。なぜそれが悩みになっているかというと、お金と親切がくっつきすぎているからでしょう。

不況その他に備えての、今までの定期預金はいいことでした。だが、ここでもう一度改めて店員の皆さんとご相談してはいかがですか。預金を快諾する人にはそのまま続行、使いたがる人には使わせるんです。ここではっきりしておくことは、給料であれ、ボーナスであれ、支払った後はこちらのお金ではない、あちらのものだ、ということです。

ところが店員さん方は、すでに一人前に働いているとはいえ、まだ未成年です。経営者として、また親切な主婦として、あなたが心配してくださるのはうれしく、感謝です。が、話がからんでくるのはここからで、親切、好意からというなら、なにも目下のボーナスの使い方だけを気づかうことはないんです。

親切や好意はいいことなのですが、うっかり行き過ぎると、邪推され、悪口をいわれますが、そうなるとこちらも腹を立てて言い返し、せっかく親切で始まったことが、けんかのあさましさに終わるのは、世上よくあることです。親切にも限界は必要です。

それに人さまざま、金づかいもさまざまです。しょせんは各人各様に使ってみて、泣いたり、騒いだり、失敗を重ねたあげく、道が固まっていくのでしょう。貯蓄もさせ、使う技術の訓練も、私はさせたほうがいいと考えます。

＊

私は十五歳の女子高校生です。自分に対し、これといって不満はありませんが、ただ、とても肥えているのが悩みの種です。

太っているため、何を着ても似合いません。といって、何も着ないわけにもいかず、スタイルの良い人を見ると、つくづく自分がいやになってきます。

自然、人前に出るのが恥ずかしくなり、なるべく外に出ないようにしています。学校でも家でも、皆から「デブ、デブ」と呼ばれます。どうして肥えていると、こんなことを言われ、冷やかされるのでしょう。何も自分から好き好んで、こんなに太ったのではないのに、と思うと、くやしさに涙が出るときもあります。

世間の人々は、肥えているものを、そんなに〝いやしい〟とか〝おかしい〟とか思っているのでしょうか。先生は、太っているものを、どんな目でご覧になっていますか。ぜひご意見をお聞かせください。

（デブ娘）

【答え】 このご相談をみて、なんと他愛のないことを、と思う方は多いでしょうが、この種の悩みは当人にとっては、案外ながく心の重みになるものだと思うので、ご返事をいたします。

山田五十鈴さんをご存じでしょ。太っています。が瘦せていた時より、ぐっとあでやかです。京塚昌子さんも、デブちゃんですが、この方は物柔らかで他人の過失をとがめだてしないやさしさを感じさせます。もう故人になられましたが、有名な写真家の名取洋之助さんも、ずいぶんよく太っていましたが、それにもかかわらず、動作は敏活でしたし、心の働き、感受性が鋭敏でした。

また、私の知人の若いサラリーマンで、えらく肥満した人がいますが「太っていることへ不平をいっていたのでは、仕事にならない。だからお辞儀一つするにしても、鈍感に見えないように気をつけ、また太ったもののもつ親しみ深い特徴を、相手に印象づけるようにしている」といいます。みなさん肥満というものを、苦心善処して、プラスにしています。

太った不仕合わせと同様に、やせたのも困ります。ホネ子さんと仇名され、頰骨、あご骨はとびだし、肋骨は洗濯板そのものという人があってなげいていましたが、ふとある時気をかえ、自分から骸骨さまのお通りよ、などという明るさになり、社内きってのユーモラスな人になった例があります。

太っているということは、特徴があるということ。特徴があれば取り沙汰はつきもの、克服してください。

＊

主人は三十六歳の会社員です。幼くして両親に死別、おじの家でいそうろうとして、ひけめを感じて育ったせいか、驚くほどのしまりやです。

「この世はすべて金しだい。ムダをはぶいて金をためるのだ」がモットー。毎朝出勤前に、きょう一日のおかず代を私に手渡すほかは、自分でさいふをガッチリ握っています。もちろん主人の給料がいくらなのか、私には知るすべもありません。

二人の娘（五歳、三歳）のところに友だちが遊びにきても、おやつ代をもらっていませんので、キャラメル一個買い与えるわけにいかないのです。

主人は「洋服を新調するのはもったいない」と、七年前のヨレヨレを着て通勤しています。会社では〝ケチ〟というアダ名で呼ばれている、と同僚の奥さんが、いいふらしています。

別に他人さまに迷惑をかけているわけではありませんが、こんな調子では、夫は会社できらわれ者、私も近所づき合いで肩身のせまい思いです。

先生、夫の生き方は間違っていないでしょうか？　（心配な妻）

【答え】　ご主人の姿勢には、年季をいれた、根拠ある強さがうかがわれますね。こんなにはっきり強い人に添っていくには、こちらも中途半端なことを考えていたのでは、とても追いつかないことと思います。

ご主人は陰口も、洋服の古さも、おやつも、ちゃんと承知の上でしていることでしょう。近所づき合いがどうの、月給がいくらのという泣きごとは、もうおやめなさいませ。

それより一度おりをみて、やさしくご主人の貯金の目的をきいてみてはいかが。きっといくらが目標とか、一生のくらしの設計とか、こうと一念かけた願いがあります。それをよくきくことです。念のため申し添えますが、人の生き方はさまざま、ケチもいろいろ、ただむちゃくちゃにケチなのもあれば、信念あり希望あるケチもあります。彼がおしつらぬこうとする生き方と、あなたの好む生き方とがどう違うか、どう合致させるか、考えてください。

協力のできるケチだったら、ひとつあなたも積極的にどうですか。黙々と、なにか働いて稼いでみたら？　稼いで食べる経験をしてみると、いかに貯金とは克己心の必要なことか、切実にわかりますし、気持ちが強く育ちます。あなたには「ため」になると思いますが……。

彼がわからずやのケチな時は、もっと積極的に、彼を上回るケチをなさい。古服のボタンが取れたって、糸の倹約といってつけてやらず、垢も身のうち風呂には行くな、おかずは梅干し一個が三日分、ケチとはかくのごときもの、さあどうだ、とそのくらいはいいでしょう。

＊

私は会社員の妻で、三十八歳、二児の母親でございます。

三年ほど前、主人が会社のある女性と親しくしていることを知りました。彼女は私と同年のオールドミスです。主人に問いただしますと、二人の仲は、ただ食事などいっしょにしただけの交際だと言いました。深入りされては、と、義兄からも話してもらい、交際を絶つことを誓わせました。

ところが最近また、あちこちから「まだ交際は続いている。やはり深い関係があったからだ」といううわさを耳にし、主人を信用していただけにびっくりいたしました。

主人は言いわけも反発もしません。長女は来年高校進学ですし、いま私が取り乱しては子供たちがかわいそうと、じっと耐え忍びながら毎日不愉快な日を送っています。

親類の者は、気を大きく持ち、相手にするなと言いますが、私は黙って見て見ぬ振りをしていなければならないでしょうか。どうしたら再び平和な家庭生活が営めるようになりましょうか。

（主婦・H子）

【答え】　もう一度、義兄にすがってごらんなさい。ただし、そのさい、やさしくされることなど期待していてはダメです。お説教もくうし、しかられもする覚悟して、出かけるんですね。

迂闊千万（うかつせんばん）なことでした。三年前ならあなたは三十五歳、相当用心ぶかく考えていい年ごろですのに、義兄に仲立ちをしてもらって、それなりいい機嫌になっていたのは、どう考えてもちょっとのんき過ぎる責めがあります。ついでながら老婆心で申し上げておきますが、いまは妻の座を安全に保つために、みなさんずいぶん油断なく心がけています。信用といいながらの怠慢は、後悔のもとになります。

お手紙のごようすだと、ご主人にもただされたらしい、親類の方にも相談されたらしいけれど、これ以上は義兄に改めて頼む以外、もう騒がないほうがいいと思います。あちこちのうわさなどに引きずり回されるのはみじめです。人には嘲笑されるでしょうし、もしご主人や子供さんがそれを知れば、あなたは夫にも子にも、好もしくない妻、母と思われそうです。

ふたたび平和な家庭生活をとおっしゃるけれど、数えればもう三年あまりも、ほんとうには平和でなかった筈です。そう簡単にはいきますまい。文句をいったり悩んだりしているひまに、さっさと頭も手も働かして、実績をかせぐことです。草花だって引っこ抜かれりゃ、また土に戻して水だ肥料だ、と介抱がいります。まして人なら、うんと介抱の苦労をつくさなければ――立腹していてもダメです。

解説

由里幸子（文芸ジャーナリスト）

幸田文の八十六歳の生涯は、ちょうど真ん中の四十三歳で、前半と後半があざやかにきりかわっている。父親の幸田露伴の死をきっかけに、家族の面倒に追われる日々から、ジャーナリズムでもてはやされる随筆家、作家へと立場が一変したのだ。

宮大工の意地を描いた小説「五重塔」が有名な幸田露伴は、尾崎紅葉、夏目漱石、森鷗外と並ぶ文豪であった。中国や日本の古典の知識が豊かで、歴史小説や芭蕉の俳諧の注釈にも力を注いだ。一方で、すぐれた都市文明論「一国の首都」を、すでに十九世紀末に展開する論理的な思考の持ち主だった。一九四七（昭和二十二）年に亡くなった時、「国葬に」という声があがったほど尊敬されていた。

幸田文は、そんな父親について後世の研究者の参考になればとつづった文章が絶賛されて、書き続けるうちに、内容は父親の回想記からはみ出て、エッセーや小説、ルポルタージュと活躍したのだ。苦労が続いた前半生が、後半生の執筆の土壌になった。

父親に教えられた、周囲を正確に観察する眼、世間にとらわれない思考、豊かな言語感覚。静かにためこんできたそれらが発酵し、独自の味わいの文章をはぐくんだ。

幸田文は、一九〇四（明治三十七）年九月一日、露伴の次女として生まれた。暴風雨のさなかに生まれたと、幼いときから言い聞かされた。近所の男の子たちの先頭にたって遊ぶ元気のいい女の子は、大自然のエネルギーと一体化した荒々しい強さを自分の中に感じていたのだろう。

幸田家は、もとは徳川家に仕える幕臣で、江戸城で代々、坊主衆をつとめた。露伴の兄弟妹は、実業家、探検家、学者、音楽家と、幅広い分野で実績を残した。上の妹の幸田延（のぶ）は、日本の「楽壇の母」といわれたほどだったし、下の妹の安藤幸（こう）はバイオリニストで、「日本芸術院会員三兄妹」として知られた。才能と努力で道を切り開いたパワフルな一族の血が、文にも伝わっていた。

文が五歳のとき、実母が病死した。二年後に姉が病死、露伴は再婚する。教育者だった継母と露伴は不仲だった。家事が苦手な継母にかわって、父親の露伴は、女学校に通い始めた娘に、性教育から家事までの生活全般のことを自分で教えこんだ。

また、娘にカメラを与えて、周囲にある美を見つめるようにしむけたこともある。俳句も写生が大事と教えた。周囲を観察し、物事の本質をみきわめる姿勢を鍛えたのだ。

女学校のころから、文はほとんど家政を代行する。二歳年下の弟は、結核で十九歳で亡くなった。若いほど感染の危険が大きくなる。にもかかわらず文に看病がまかされた。冷たい家庭での、姉弟の交流を、のちに小説「おとうと」として書いている。

文は二十四歳で、文化的な仕事を敬遠して、酒問屋の息子と結婚する。翌年には、娘の玉が生まれる。夫とは心が行き違い、三十三歳のときに離婚。娘を連れて実家にもどったあとは、気難しく怒りっぽい父親の面倒をみるのに追われた。

晩年の露伴は、目が悪く、編集者らが口述筆記をしていた。文は、ふすまをへだてて話を聞いていた。夕食後、機嫌がいいときの露伴は、家族を相手にさまざまな話を興味深く語り、一時期は芭蕉の俳諧集の講義をしたこともある。

太平洋戦争末期。長野県に疎開しているとき、東京・小石川の自宅が戦災で焼失した。戦後は、千葉県の菅野の狭い住宅で、病気の露伴の介護をした。

文の最初の文章は、一九四七年、幸田露伴の八十歳記念号（「芸林閒歩」）のために日常を描いた「雑記」だった。雑誌の発行前に露伴は亡くなり、そのまま追悼号になった。続いて死の前後をつづった文章を発表する。父と娘の間に緊張感がはりつめながら、情愛がほとばしるさまが描かれた。

求めに応じて書いていくうち、父親の生活哲学だけでなく、自分の子供時代の思い出にまで、文章の内容は広がった。さすが露伴の娘と、もちあげられる一方で、悪口がまじるようになった一九五〇年春、人気のまっただなかで、突然、文は筆を断つと宣言し、仕事を連載中のものにしぼってしまう。数年後に執筆を再開したあとは、芸者置屋に家事手伝いとして住み込んだ経験を生かして書いた小説「流れる」が高く評価され、自分が独自の世界をもつ作家であることを世間に認めさせたのだ。

五十代には、人気作家として、小説だけでなく、ルポルタージュや座談会、ラジオ出演など、活動の幅をいっそう広げた。

六十代になっても、エネルギーは衰えなかった。奈良・斑鳩（いかるが）の法輪寺三重塔の再建がとどこおっているのを知ると、寄付金集めに尽力し、現地に住み込んで完成を見届けた。露伴の「五重塔」の印税で暮らしてきたという思いが背景にあった。

宮大工から聞いたひのきなどの話から樹木全般へ関心を広げ、七十歳近くになってから、日本全国の巨木や樹林を訪ね歩いた。山地崩壊が目につくと、時には背負われてまで山奥に行き、各地の崩れのさまを自分の目で確かめた。

なにごとも力いっぱいで取り組む「渾身」を父親から教えられた幸田文は、気概と行動力の作家になった。そのパワーは、母親の死後、『幸田文全集』（岩波書店）発刊をきっかけに随筆を書き始めた娘の青木玉、小説やエッセーを書く孫の青木奈緒にまで受け継がれている。

父親の露伴が文をどのように教育したか、その土壌からどのように才能が開花したか。よくわかるのが、この選集第一部の「啐啄」「あとみよそわか」「水」「このよがくもん」など初期のものだ。座談の名人だった露伴から無意識に学んだ言葉遣いの呼吸が、ユーモアをにじませている。

露伴は、儒学の思想「格物致知（かくぶつちち）」を、とりわけ大事にした。物やできごとにそって知識を獲得する、周囲を観察し奥の原理をみつけていく。徹底した実践教育である。

父親が娘に性教育する「啐啄」は、露伴流の教育の始まりといってもいい。「啐」は、もとは卵の中のひなが鳴くこと、「啄」は親鳥が卵のからをつついて割ること、両方のタイミングがぴったりあって、ひなが誕生する。

女学校に入学したころ、十二歳の春のある日、露伴は、「おまえ、ほら、男と女のあのこと知ってるだろ」と問いかける。何気ないひとことがシュッとすられたマッチの火となって、授業で習った花の受精、鳥や犬の性欲と、近所の花柳街や道に落ちているゴム製品まで、さまざまなことが、一直線に人間の性欲とつながって照らし出された。

娘が性に関心を持ち始める時機をのがさず、親が肝要なことを伝える。それを「啐啄同時」とは、ぴたりとした表現ではないか。

露伴は猥談の小咄もときどき聞かせた。継母が処女の羞恥心がなくなると心配すると、なまの羞恥心ぐらいあぶないものはない、親の聞かせる猥談ほど大丈夫な猥談は、どこを捜したって無いと切り返した。本質から目をそらさず、「正直な態度でよく見ること」を、後年、今度は文が娘の玉に伝えている。

同じ年の夏には家事の訓練が始まった。

「あとみよそわか」では、まずそうじ道具をきちんと整えるという基本から取り組ませている。「水」では、水は恐ろしいものだから、根性のぬるいやつには水は使えない、と警告する。口だけでなく、自ら掃き掃除や雑巾がけをやってみせる。その身のこなしはすっきりとしていて、娘を感動させるのだ。やらせて見る、やって見せる、も一度やらせて見る。露伴は、そうして教え込んだ。

自分で教えられないときは、「このよがくもん」にあるように、学問にも世俗にも通じた人に、いわゆる社会見学を頼んだ。浅草の盛り場をあちこち歩きまわり、雷おこしの材料は何か、店員の給料はいくらだとか話していくのだ。講談や安来節（やすぎぶし）の舞台まで見た。「金魚」は、出入りの魚屋さんの包丁さばきを真似して、金魚を料理してしまう話。何事も実行する実践教育が、解剖まがいの行為にまでつながったのかもしれない。

「あしおと」「ふじ」は、女学校時代の話。継母の紹介で入学した女子学院は、木造二階建ての洋館で、白いペンキ塗りに深緑の縁どりがあるしゃれたものだった。ここでの五年間は、文にとって楽園の時期だった。思春期の少女たちの友情や同性へのあこがれ、性の芽生えのようなものが、素直に回想されている。

「申し子」では、汽車の中で知り合った青年に誘われ、暇つぶしに乗客の職業などあてて遊ぶ。最後に互いを当てあうのだが、青年は彼女の正体がいいあてられない。しかし、青年のいった「蓮葉のようでいながら堅苦しく、ちゃんとした家庭のようなくせに野蛮」という印象は、若き日の幸田文の姿をほうふつとさせる。

「平ったい期間」は離婚後の時期をふりかえっている。出戻って落ち込んでいる娘に、露伴がお茶や踊りの虎の巻などについて学んできて、自分に教えるようにいいつける。しばらく稽古通いをするが、目的は果たさないまま終わる。あれは何の意味があったのかと不思議がるのだ。遊芸で娘を慰めようとする露伴の作戦だったのか。

「終焉」は、露伴の死の直後に書かれた一つだ。露伴は生死を達観して、空襲のときも防空壕がわりの押入に入るのをいやがった。「死なれたくない」一心の娘と、逃げるかどうかで厳しいやりとりをした。幼い時から「愛されざるの子」「不肖の子」だという劣等感をもっていた文は、自分の言葉を拒むのはそれゆえかと悲しんだのだ。

しかし、最期近くの日々に、父親の柔らかいまなざしに長年のこだわりは溶けた。

死の三日前、ふたりは最後の会話をする。「おまえはいいかい」と聞かれ、文が「はい、よろしゅうございます」と答えると、露伴は「じゃあおれはもう死んじゃうよ」と別れを告げるのだ。見事な最期といっていい。

そして幸田文は、愛し子としての自信を取り戻して、後半生に向かっていく。

露伴は多くの文化人との交流があった。それぞれへの父親の人物評を紹介しながら、柳田泉を回想した「堅固なるひと」、同じく斎藤茂吉の「はにかみ」、近所に住んでいた永井荷風を訪ねた「すがの」、いずれも、いい人間スケッチになっている。

第二部では、鋭い観察眼が、さまざまな対象に光をあてている。

「むしん」は、お金を無心に来て断られ、捨て台詞を残して去った男を、道にまで出て見送る話。無気力な背中の男が、道端でする行動が滑稽かつ哀しい。

「おふゆさんの鯖」には、傷んでいないか心配な魚もあえて食べる女性が出てくる。料理の要点はふたつ、まっとうな味を知ること、腐敗のものや毒のものを知ること。これは、料理以外にも通じそうだ。料理が手早く上手だった生活人としての随筆は多いが「二月の味」もそのひとつ。

「風の記憶」は、小さな竜巻に出会った話、「金魚」はおまけにもらった金魚の顚末。竹の生命力に驚く「いのち」、厠（かわや）にいたねずみをちょっとユーモラスに描いた「午前二時」、動物園でオランウータンを愛（め）でた「類人猿」、競馬のトップではなく二番手に共感する「二番手」など、観察対象の多種多様さも、特徴だ。

自分の知らない表情を撮影してくれた写真家とのやりとりを描いた「知らない顔」、別れた男の欠点と思った部分が、男のその後の成功にむすびついたらと考える「捨てた男のよさ」、次女の寂しさと強さをふりかえった「次女」は、いずれも自分自身と向き合っている。

「杉」は、晩年に全国の樹木や崩れを訪ねた時期のもの。鹿児島県の屋久島の縄文杉を見に行ったのは、七十歳の時だ。「縄文杉は、正直にいうと、ひどくショッキングな姿をしていた」。異様な樹容にも、長ければ七千二百年といわれる樹齢にも圧倒され、「目からも心からもはみ出していて、始末がつかなかった」という。

山地崩壊を見た「崩れ」という随筆に、同様に自然のエネルギーにおびえたような場面がある。剛毅といってもいい部分をもつ作家も、自らの老いや寿命を無意識に投影するようになったのではないか。

第三部の「週間日記」は、一九六四年の正月前後のもの。原稿に追われつつ、家事もこなす忙しさが見える。

人生相談「なやんでいます」への答えは、六十歳ごろのもの。店員がボーナスを無駄遣いするか心配する商店の主婦、太っているのが悩みの十五歳の女の子、ケチな夫に困った妻、夫と同じ会社の女性との交際に悩む妻に答えている。いずれも、質問者へ遠慮なく明快な答えを出している。気力、胆力のほどがうかがえる。

文庫化にあたっての付記

幸田文は、父親や経験から会得したものを、いったん体内に取り込んでから言語化している。そのためか、読みながら文章の呼吸のリズムが身体の奥底に共振し、体験を共有するような感覚さえ生まれる。

この十年余り。社会のデジタル化が加速して、あらゆる生活環境は激変しつつある。十九世紀生まれの幸田露伴が身をもって娘に伝えたような家事や生活知識は、動画付きの情報としてたやすく手に入るようになった。

与えられた膨大なデータからさまざまなコンテンツを作り出し、個別な要求に応えてくれる生成AIの時代とさえいわれる。しかし作り出されたものや答えが「まっとうな」ものかどうか、受け手には判断できない。ましてや、自然としての水を畏怖することから水掃除を教え始めた露伴のように、事象の奥をさぐる姿勢、生活哲学を鍛えてくれるとはとても期待しにくい。

科学によって薄く引き延ばされた「身体性」が、大きな疫病、地震などの自然災害、戦争などの危機に直面したとき、大きな混乱が予想される。そのとき、幸田文の文章は、世紀を超えて、生活の原点を考え直す手がかりを与えてくれるものではないか。

由里幸子

二〇二三年七月

―略年譜　幸田文―

一九〇四年（明治三十七年）
九月一日、幸田露伴の次女として、東京府南葛飾郡寺島村に生まれる。
一九一〇年（明治四十三年）　六歳
四月、肺結核により母・幾美が死去。
一九一二年（明治四十五年・大正元年）　八歳
五月、姉・歌が猩紅熱のため、十一歳で死去。十一月、継母・児玉八代を迎える。
一九一七年（大正六年）　十三歳
四月、女子学院に入学。この頃から父による家事教育が始まる。
一九二二年（大正十一年）　十八歳
三月、女子学院を卒業。和裁稽古所に通う。
一九二六年（大正十五年・昭和元年）　二十二歳
十一月、弟・成豊が結核のため、十九歳で死去。
一九二八年（昭和三年）　二十四歳
十二月、清酒問屋の三男・三橋幾之助と結婚。
一九二九年（昭和四年）　二十五歳
十一月、長女・玉を出産。
一九三八年（昭和十三年）　三十四歳
五月、幾之助と離婚し実家に戻る。
一九四五年（昭和二十年）　四十一歳
五月の空襲で小石川の蝸牛庵が焼失する。
一九四七年（昭和二十二年）　四十三歳
七月、露伴が死去。「芸林閒歩」7・8月号に「雑記」を、「文学」10月号に「終焉」を発表。
一九四八年（昭和二十三年）　四十四歳
九月、「週刊朝日」に「この世がくもん」を、十一月、「創元」に「あとみよそわか」を発表。

一九四九年（昭和二十四年）　四十五歳
十二月、『父――その死』を中央公論社より刊行。
一九五〇年（昭和二十五年）　四十六歳
四月、「夕刊毎日新聞」に「私は筆を断つ」が掲載される。
一九五一年（昭和二十六年）　四十七歳
十一月から芸者置屋で住み込みの女中として働きはじめる。年末、腎臓炎になり、翌年一月に帰宅。
一九五五年（昭和三十年）　五十一歳
一月から十二月まで「新潮」に「流れる」を連載。七月、『黒い裾』を中央公論社より刊行。同書により翌年一月、第七回読売文学賞受賞。
一九五六年（昭和三十一年）　五十二歳
一月から翌年九月まで「婦人公論」に「おとうと」を連載。
一九五九年（昭和三十四年）　五十五歳
十一月、玉が結婚。
一九六三年（昭和三十八年）　五十九歳
四月、孫・奈緒が生まれる。
一九六五年（昭和四十年）　六十一歳
斑鳩の法輪寺の住職から三重塔再建の話を聞き、以後、塔再建事業に尽力する。
一九七一年（昭和四十六年）　六十七歳
一月より「木」の連載が「学鐙」ではじまる。
一九七六年（昭和五十一年）　七十二歳
十一月より「崩れ」の連載が「婦人之友」ではじまる。
一九九〇年（平成二年）　八十六歳
十月三十一日、心不全のため死去。

*藤本寿彦氏、金井景子氏作成の年譜を参考にさせていただきました。

本書の底本として岩波書店の『幸田文全集』を使用しました。ただし旧かな遣いを新かな遣いに変更し、適宜ルビをふりました。なお、本書には今日の社会的規範に照らせば差別的表現ととられかねない箇所がありますが、作品の書かれた時代また著者が故人であることに鑑み、原文のままとしました。

全集のほか、収録されている文庫、または初出を記します。

啐啄（岩波書店『幸田文全集　第一巻』／新潮文庫『父・こんなこと』）
金魚（岩波書店『幸田文全集　第二十一巻』／一九七七年六月一日発行「うえの」）
あしおと（岩波書店『幸田文全集　第三巻』／講談社文芸文庫『草の花』）
あとみよそわか（岩波書店『幸田文全集　第一巻』所収「あとみよそわか」内／新潮文庫『父・こんなこと』）
このよがくもん（岩波書店『幸田文全集　第一巻』／新潮文庫『父・こんなこと』）
水（岩波書店『幸田文全集　第一巻』所収「あとみよそわか」内／新潮文庫『父・こんなこと』）
ふじ（岩波書店『幸田文全集　第三巻』／講談社文芸文庫『草の花』）
春の翳（岩波書店『幸田文全集　第十一巻』／新潮文庫『雀の手帖』）
申し子（岩波書店『幸田文全集　第三巻』／講談社文芸文庫『番茶菓子』）
平ったい期間（岩波書店『幸田文全集　第八巻』／講談社文芸文庫『猿のこしかけ』）
終焉（岩波書店『幸田文全集　第一巻』／講談社文芸文庫『ちぎれ雲』）
堅固なるひと（岩波書店『幸田文全集　第十八巻』／一九六九年七月一日発行「図書」）
はにかみ（岩波書店『幸田文全集　第三巻』／一九五三年四月十五日、『斎藤茂吉全集』月

報第十二号）
すがの（岩波書店『幸田文全集　第三巻』／講談社文芸文庫『ちぎれ雲』）
むしん（岩波書店『幸田文全集　第四巻』／講談社文芸文庫『包む』）
おふゆさんの鯖（岩波書店『幸田文全集　第四巻』／講談社文芸文庫『番茶菓子』）
風の記憶（岩波書店『幸田文全集　第五巻』／講談社文芸文庫『包む』）
金魚（岩波書店『幸田文全集　第五巻』／講談社文芸文庫『包む』）
午後（岩波書店『幸田文全集　第六巻』／講談社文芸文庫『番茶菓子』）
知らない顔（岩波書店『幸田文全集　第七巻』／講談社文芸文庫『番茶菓子』）
二月の味（岩波書店『幸田文全集　第八巻』／一九五七年二月五日発行「あまカラ」）
捨てた男のよさ（岩波書店『幸田文全集　第八巻』／講談社文芸文庫『猿のこしかけ』）
いのち（岩波書店『幸田文全集　第十巻』／講談社文芸文庫『回転どあ・東京と大阪と』）
午前二時（岩波書店『幸田文全集　第十巻』／講談社文芸文庫『回転どあ・東京と大阪と』）
次女（岩波書店『幸田文全集　第十一巻』／新潮文庫『雀の手帖』）
吹きながし（岩波書店『幸田文全集　第十一巻』／新潮文庫『雀の手帖』）
類人猿（岩波書店『幸田文全集　第十二巻』／新潮文庫『動物のぞき』）
二番手（岩波書店『幸田文全集　第十六巻』／一九六七年一月一日発行「オール讀物」）
杉（岩波書店『幸田文全集　第十九巻』／新潮文庫『木』）
週間日記（岩波書店『幸田文全集　第十四巻』／一九六四年一月十三日発行「週刊新潮」）
「なやんでいます」の答え（岩波書店『幸田文全集　第二十三巻』／「新潟日報」朝刊一九
六五年七月一日、七日、九日、十日）

単行本『精選女性随筆集　第一巻　幸田 文』
二〇一二年二月　文藝春秋刊（文庫化にあたり改題）

装画・本文カット
神坂雪佳『蝶千種・海路』『滑稽図案』（芸艸堂）より
本文デザイン　大久保明子
DTP制作　ローヤル企画

文春文庫

精選女性随筆集（せいせんじょせいずいひつしゅう）　幸田文（こうだあや）

定価はカバーに表示してあります

2023年9月10日　第1刷

著　者　幸田文（こうだあや）
編　者　川上弘美（かわかみひろみ）
発行者　大沼貴之
発行所　株式会社 文藝春秋

東京都千代田区紀尾井町3-23　〒102-8008
TEL 03・3265・1211㈹
文藝春秋ホームページ　http://www.bunshun.co.jp

落丁、乱丁本は、お手数ですが小社製作部宛お送り下さい。送料小社負担でお取替致します。

印刷製本・凸版印刷

Printed in Japan
ISBN978-4-16-792103-3

精選女性随筆集　全十二巻　文春文庫

二〇二三年九月から
毎月一冊刊行予定です

幸田文　川上弘美選
森茉莉　吉屋信子　小池真理子選
向田邦子　小池真理子選
有吉佐和子　岡本かの子　川上弘美選
武田百合子　川上弘美選
宇野千代　大庭みな子　小池真理子選

倉橋由美子　小池真理子選
石井桃子　高峰秀子　川上弘美選
白洲正子　小池真理子選
中里恒子　野上彌生子　小池真理子選
須賀敦子　川上弘美選
石井好子　沢村貞子　川上弘美選

伊集院　静
伊集院静の流儀
危機の時代を、ほんとうの「大人」として生きるために——。今もっとも注目を集める作家の魅力を凝縮したベストセラーが待望の文庫化。エッセイ、対論、箴言集、等々。ファン必携の一冊。

い-26-18

伊集院　静
文字に美はありや。
文字に美しい、美しくないということが本当にあるのか。〝書聖〟王羲之に始まり、戦国武将や幕末の偉人、作家や芸人ら有名人から書道ロボットまで、歴代の名筆をたどり考察する。

い-26-26

伊藤比呂美
切腹考
鷗外先生とわたし
前夫と別れ熊本から渡米し、イギリス人の夫を看取るまで。生きる死ぬるの仏教の世界に身を浸し、生を曝してきた詩人が鷗外を道連れに編む、無常の世を生きるための文学。（姜　信子）
い-99-2

井上ユリ
姉・米原万里
プラハのソビエト学校で少女時代を共に過ごした三歳下の妹が、食べものの記憶を通して綴る姉の思い出。初めて明かされる名エッセイの舞台裏。初公開の秘蔵写真多数掲載。（福岡伸一）
い-104-1

宇江佐真理
ウエザ・リポート　見上げた空の色
鬼平から蠣崎波響など歴史上の人物、私淑する先輩作家、大好きな本、地元函館での衣食住、そして還暦を過ぎて思いがけず得た病のことなど。文庫化にあたり、「私の乳癌リポート」を収録。

う-11-20

上野千鶴子
おひとりさまの老後
結婚していてもしてなくても、最後は必ずひとりになる。でも、智恵と工夫さえあれば、老後のひとり暮らしは怖くない。80万部のベストセラー、待望の文庫化！（角田光代）
う-28-1

上野千鶴子
ひとりの午後に
世間知らずだった子供時代、孤独を抱えて生きていた十代のころ……。著者の知られざる生い立ちや内面を、抑制された筆致で綴ったエッセイ集。（伊藤比呂美）
う-28-3

（　）内は解説者。品切の節はご容赦下さい。

内田洋子
ジーノの家　イタリア10景

イタリア人は人間の見本かもしれない——在イタリア三十年の著者が目にしたかの国の魅力溢れる人間達。忘れえぬ出会いや情景をこの上ない端正な文章で描ききるエッセイ。（松田哲夫）

う-30-1

内田洋子
ロベルトからの手紙

俳優の夫との思い出を守り続ける老女、弟を想う働き者の姉たち、無職で引きこもりの息子を案じる母——イタリアの様々な家族の形とほろ苦い人生を端正に描く随筆集。（平松洋子）

う-30-2

遠藤周作
生き上手　死に上手

死ぬ時は死ぬがよし……だれもがこんな境地で死を迎えたい。でも死はひたすら恐い。だからこそ死に稽古が必要になる。周作先生が自らの失敗談を交えて贈る人生セミナー。（矢代静一）

え-1-12

江國香織
やわらかなレタス

ひとつの言葉から広がる無限のイメージ——。江國さんの手にかかると、日々のささいな出来事さえも、キラキラ輝いて見えだします。読者を不思議な世界にいざなう、待望のエッセイ集。

え-10-3

小川洋子
とにかく散歩いたしましょう

ハダカデバネズミとの心躍る対面、同郷のフィギュアスケーターの演技を見て流す涙、そして永眠した愛犬ラブと暮らした日々。創作の源泉を明かす珠玉のエッセイ46篇。（津村記久子）

お-17-4

岡田光世
ニューヨークのとけない魔法

東京とニューヨーク。同じ大都会の孤独でもこんなに違う。お節介で、図々しくて、孤独な人たち。でもどうしようもなく惹きつけられてしまうニューヨークの魔法とは？（立花珠樹）

お-41-1

大宮エリー
生きるコント

毎日、真面目に生きているつもりなのに……なぜか、すべてがコントになってしまう人生。作家・大宮エリーのデビュー作となった、大笑いのあとほろりとくる悲喜劇エッセイ。（片桐　仁）

お-51-1

尾崎世界観
苦汁100%
濃縮還元
初小説が文壇を驚愕させた尾崎世界観の日常と非日常。文庫化に際し、クリープハイプ結成10周年ライブがコロナ禍で中止になった最中の最新日記を大幅加筆。苦味と旨味が増してます！
お-76-2

尾崎世界観
苦汁200%
ストロング
尾崎世界観の赤裸々日記、絶頂の第2弾。文庫化にあたり「芥川賞候補ウッキウ記」2万字書き下ろし。「情熱大陸」に密着され、『母影』が芥川賞にノミネートされた怒濤の日を加筆。
お-76-3

岡田　育
ハジの多い人生
痴漢だらけの満員電車で女子校へ通った九〇年代、メガネ男子や献血、自らの大足が気になり、三十路でタカラヅカに開眼。世界の端でつぶやく著者会心のデビュー作。（宇垣美里）
お-78-1

開高　健
私の釣魚大全
まずミミズを掘ることからはじまり、メコン川でカチョックという変な魚を一尾釣ることに至る国際的な釣りのはなしと、井伏鱒二氏が鱒を釣る話など、楽しさあふれる極上エッセイ。
か-1-2

角田光代
なんでわざわざ中年体育
中年たちは皆、運動を始める。フルマラソンに山登り、ボルダリング、アウトドアヨガ。インドア派を自認する人気作家が果敢に様々なスポーツに挑戦した爆笑と共感の傑作エッセイ。
か-32-16

加納朋子
無菌病棟より愛をこめて
愛してくれる人がいるから、なるべく死なないように頑張ろう。急性白血病の告知を受け仕事も家族も放り出しての緊急入院、抗癌剤治療、骨髄移植——人気作家が綴る涙と笑いの闘病記。
か-33-5

川上未映子
きみは赤ちゃん
35歳で初めての出産。それは試練の連続だった！　芥川賞作家の鋭い観察眼で「妊娠・出産・育児」という大事業の現実を率直に描き、多くの涙と共感を呼んだベストセラー異色エッセイ。
か-51-4

（　）内は解説者。品切の節はご容赦下さい。

たとへば君（きみ）　四十年の恋歌
河野裕子・永田和宏
乳がんで亡くなった歌人の河野裕子さん。大学時代の出会いから、結婚、子育て、発病、そして死。先立つ妻と見守り続けた夫。交わした愛の歌380首とエッセイ。（川本三郎）
か-64-1

家族の歌　河野裕子の死を見つめて
河野裕子・永田和宏・その家族
母・河野裕子の死をはさんで二年にわたって続けられた、歌人家族によるリレーエッセー。孫たちのこと、娘の結婚、子どものころの思い出……。そのすべてが胸をうつ。（永田　紅）
か-64-2

探検家の憂鬱
角幡唯介
チベットから富士山、北極……。「生のぎりぎりの淵をのぞき見ても、もっと行けたんじゃないかと思ってしまう」探検家・角幡唯介にとって、生きるとは何か。孤高のエッセイ集。
か-67-1

探検家の事情
角幡唯介
本屋大賞ノンフィクション本大賞受賞など最注目の探検家が「実は私、本当はイケナイ人間なんです」と明かすエッセイ。宮坂学ヤフー会長との「脱システム」を巡る対談も収録。
か-67-2

そばと私
季刊「新そば」編
半世紀以上の歴史を誇る「新そば」に掲載された「そば随筆」の中から67編を集める。秋山徳蔵、赤塚不二夫、永井龍男、若尾文子など、日本を代表する人々のそば愛香る決定版。
き-43-1

チャックより愛をこめて
黒柳徹子
長い休みも海外生活も一人暮らしも何もかもが初めての経験。NY留学の1年を喜怒哀楽いっぱいに描いた初エッセイが新装版に。インスタグラムで話題となった当時の写真も多数収録。
く-2-3

夫・車谷長吉
高橋順子
直木賞受賞作『赤目四十八瀧心中未遂』で知られる異色の私小説作家の求愛を受け容れ、最後まで妻として支え抜いた詩人が回想する桁外れな夫婦の姿。講談社エッセイ賞受賞。（角田光代）
く-19-50

宮藤官九郎
え、なんでまた?

『あまちゃん』から『11人もいる!』まで、あの名セリフはここで生まれた! 宮藤官九郎が撮影現場や日常生活で出会った名&迷セリフについて綴ったエッセイ集。　（岡田惠和）

く-34-4

小林秀雄
考えるヒント

常識、漫画、良心、歴史、役者、ヒットラーと悪魔、平家物語などの項目を収めた「考えるヒント」に随想「四季」を加え、「ソヴェットの旅」を付した明快達意の随筆集。　（江藤　淳）

こ-1-8

小林秀雄
考えるヒント2

忠臣蔵、学問、考えるという事、ヒューマニズム、還暦、哲学、天命を知るとは、歴史、など十二篇に「常識について」を併載して、いま改めて考えることの愉悦を教える。　（江藤　淳）

こ-1-9

小林信彦
生還

自宅で脳梗塞を起こした、八十四歳の私。入院・転院・リハビリ・帰宅・骨折・再入院を繰り返す私は本当に治癒していくのか?人生でもっとも死に近づいた日々を記した執念の闘病記。

こ-6-39

佐藤愛子
我が老後

妊娠中の娘から二羽のインコを預かったのが受難の始まり。さらに仔犬、孫の面倒まで押しつけられ、平穏な生活はぶちこわし。ああ、我が老後は日々これ闘いなのだ。痛快抱腹エッセイ。

さ-18-2

佐藤愛子
冥途のお客

岐阜の幽霊住宅で江原啓之氏が見たもの、狐霊憑依事件、金縛り体験記、霊能者の優劣……。「この世よりもあの世の友が多くなってしまった」著者の、怖くて切ない霊との交遊録、第二弾。

さ-18-13

西原理恵子
洗えば使える
泥名言

サイバラが出会った(いろんな意味で)どうかしている人たちが放った、エグくて笑えてじ〜んとする言葉たち。そのままじゃ食えなくても洗えば使える、煮込めば味が出る!　（壇　蜜）

さ-73-1

ジェーン・スー
女の甲冑、着たり脱いだり毎日が戦なり。
「都会で働く大人の女」でありたい！　そのために、今日も心と体を武装する。ややこしき自意識と世間の目に翻弄されながら、日々を果敢かつ不毛に戦うエッセイ集。（中野信子）
し-66-1

新保信長
字が汚い！
自分の字の汚さに今更ながら愕然とした著者が古今東西の悪筆を調べまくった世界初、ヘタ字をめぐる右往左往ルポ！　果たして、50年以上ヘタだった字は上手くなるのか？（北尾トロ）
し-68-1

須賀敦子
コルシア書店の仲間たち
ミラノで理想の共同体を夢みて設立されたコルシア書店に仲間として迎えられた著者。そこに出入りする友人たち、貴族の世界などを、深くやわらかい筆致で描いた名作エッセイ。（松山　巖）
す-8-1

須賀敦子
ヴェネツィアの宿
父や母、人生の途上に現れては消えた人々が織りなす様々なドラマ。「ヴェネツィアの宿」「夏のおわり」「寄宿学校」「カティアが歩いた道」等、最も美しい文章で綴られた十二篇。（関川夏央）
す-8-2

水道橋博士
藝人春秋
北野武、松本人志、そのまんま東……今を時めく芸人たちを、博士ならではの鋭く愛情に満ちた目で描き、ベストセラーとなった藝人論。有吉弘行論を文庫版特別収録。（若林正恭）
す-20-1

水道橋博士
藝人春秋2
ハカセより愛をこめて
博士がスパイとして芸能界に潜入し、橋下徹からリリー・フランキー、タモリまで、浮き沈みの激しい世界の怪人奇人18名を濃厚に描く抱腹絶倒ノンフィクション。（ダースレイダー）
す-20-2

先崎　学
うつ病九段
プロ棋士が将棋を失くした一年間
空前の将棋ブームの陰で、その棋士はうつ病と闘っていた。孤独の苦しみ、将棋が指せなくなるという恐怖、復帰への焦り……。発症から回復までを綴った心揺さぶる手記。（佐藤　優）
せ-6-2

（　）内は解説者。品切の節はご容赦下さい。

田辺聖子
老いてこそ上機嫌
「80だろうが、90だろうが屁とも思っておらぬ」と豪語するお聖さんももうすぐ90歳。200を超える作品の中から厳選した、短くて面白くて心の奥に響く言葉ばかりを集めました。

た-3-54

立花　隆
死はこわくない
自殺、安楽死、脳死、臨死体験……。長きにわたり、生命の不思議をテーマとして追い続けてきた「知の巨人」が真正面から〈死〉に挑む。がん、心臓手術を乗り越え、到達した境地とは。

た-5-25

田中澄江
花の百名山
春の御前山で出会ったカタクリの大群落。身を伏せて確かめた早池峰の小さなチシマコザクラ——山と花をこよなく愛した著者が綴った珠玉のエッセイ。読売文学賞受賞作。（平尾隆弘）
た-14-5

高峰秀子
わたしの渡世日記（上下）
複雑な家庭環境、義母との確執、映画デビュー、青年・黒澤明との初恋など、波瀾の半生を常に明るく前向きに生きた著者が、ユーモアあふれる筆で綴った傑作自叙エッセイ。（沢木耕太郎）
た-37-2

高峰秀子
コットンが好き
飾り棚、手燭、真珠、浴衣、はんこ、腕時計、ダイヤモンド……。これまで共に生きてきた、かけ替えのない道具や小物たちとの思い出を、愛情たっぷりに綴った名エッセイ。待望の復刻版。

た-37-7

高山なおみ
帰ってから、お腹がすいてもいいようにと思ったのだ。
高山なおみが本格的な「料理家」になる途中のサナギのようなころの、落ち着かなさ、不安さえ見え隠れする淡い心持ちを綴ったエッセイ集。なにげない出来事が心を揺るがす。（原田郁子）
た-71-1

壇　蜜
壇蜜日記
賞味期限切れのソースで運試し。新聞を読めば、求人欄に目がいく。抱かれる予定はしばらくなし——。あの壇蜜が、文壇を驚愕させた流麗な文体で綴る「蜜」な日々！　文庫書下ろし。

た-92-1

壇蜜
壇蜜日記2
壇蜜三十四歳。仕事の励みは風呂上がりのアイス。事務所の後輩の女の子が妹だったらと妄想……そんな壇蜜的日常に新展開。――「抱かれた」。各界から絶賛の書下ろし日記第二弾。

た-92-2

壇蜜
泣くなら、ひとり
壇蜜日記3
寝起きの猫の匂いを愛し、見られてはマズイ画像を持っている人を心の中で数え、「私と春はどちらが図々しいだろう」と物思う……壇蜜のリアルがここに。初小説も収録の文庫オリジナル。
た-92-3

壇蜜
噂は噂
壇蜜日記4
「不条理の利用」を女子に説き、寿司屋の看板を見ては「寿司良いなぁ」と涙を流し、男の優しさの先にある苦くて甘い何かを時に齧りたくなる……これがまさかの読み納め!?　書下ろし。
た-92-4

田部井淳子
それでもわたしは山に登る
世界初の女性エベレスト登頂から40年。がんで余命宣告を受け治療を続けながらも常に前を向き、しびれる足で大好きな山に登りつづけた――惜しまれつつ急逝した登山家渾身の手記。

た-97-1

高野秀行
辺境メシ
ヤバそうだから食べてみた
カエルの子宮、猿の脳みそ、ゴリラ肉、胎盤餃子……。未知なる「珍食」を求めて、世界を東へ西へ。辺境探検の第一人者である著者が綴った、抱腹絶倒エッセイ！　（サラーム海上）
た-105-1

津村節子
果てなき便り
「節子、僕の許を離れるな！」便箋から浮かび上がる夫・吉村昭の決意、孤独、希望、愛。出会った若き日から亡くなるまで交わした書簡で辿る、夫婦作家慈しみの軌跡。　（梯　久美子）
つ-3-15

土屋賢二
われ笑う、ゆえにわれあり
愛ってなんぼのものか？　あなたも禁煙をやめられる、老化の楽しみ方、超好意的女性論序説などなど、人間について世界について徹底的に考察したお笑い哲学エッセイ。　（柴門ふみ）
つ-11-1